딸바보가
그랬어
엄마의
일기장

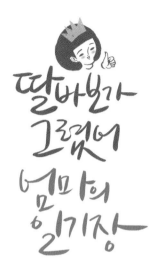

딸바보가 그랬어 엄마의 일기장

김진형 아빠가 그리고

이현주 엄마가 쓰다

RHK
RH Korea

prologue

'딸바보가 그렸어'를 연재하기 시작한 지 벌써 4년이 되었다.

마냥 아기 같았던 솔이는 어느덧 미운(?) 7살이 되었고,

우리 부부는 육아의 단계를 지나 참을 인을 더 깊게 새기는

훈육의 단계에 도달했다

자타공인 딸바보인 나는 그동안 '아내를 돕는다.'는 입장이라기보다는

'공동 육아를 한다.'며 자부했지만 돌이켜보면 그 무게가

아내보다는 덜 했던 것 같다.

딸아이의 유치원 준비물과 같은 반 친구들의 이름도 모를 뿐더러

등하원 셔틀 시간 같은 것도 전혀 외우지 못했으니까.

그래서 '아내의 일기장'을 그려보고 싶었다.

안타깝지만 육아는 여전히 아빠보다는 엄마들이 중심이기도 하고

내가 미처 헤아리지 못하는 육아의 깊은 이야기들을 그리고 싶었달까.

아내의 이야기가 더해지면서 '딸바보가 그렸어'는

더 많은 공감을 얻었고 그 반응들을 보면서 우리도 많은 힘을

얻을 수 있었다.

대단한 지식도 특별한 경험도 아닌 서툰 우리들의 기록이

누군가에게 작은 위로가 될 수 있다니 참 기쁘고 감사했다.

연습할 수 없는 육아의 세계에서 엄마들에게 가장 힘이 되는 건
나만 서툴고 부족한 게 아니라는 공감이 아닐까.
또한 아내의 글들을 하나하나 그림으로 표현하는 일은
남편으로서, 아빠로서의 자세에 대해서도
한 번 더 생각해보게 되는 계기를 주기도 했다.

'육아는 팀워크다.'
한 아이를 키우려면 온 마을이 필요하다는 어느 속담처럼
육아는 엄마와 아빠는 물론 주변의 수많은 존재들이 함께
해나가는 것이라고 생각한다.
육아가 어느 한 명이 모든 걸 책임지고 죄책감을 느끼는 일이
아니라 서로의 부족함을 함께 채워가며 다같이 행복해지는 일이
되었으면 좋겠다.

이 책을 읽는 모든 엄마 아빠들이 멋진 팀워크를 발휘하며
다시 돌아오지 않을 인생의 선물인 '육아'를
함께 만들어 나가길 바라며….

딸바보 아빠와 엄마

차례

엄마 의자가
더줄아요?

4장 • 아이가 더 사랑한다

1

첫눈에 반하다

육아의 시작은 사랑에 푹 빠지는 것부터

세상의 모든 엄마에겐 힘이 있다

'내가 엄마가 될 수 있을까?
핸드폰은 만날 잃어버리고,
철마다 감기에 걸릴 정도로 체력이 약하며,
나 자신도 잘 못 챙기는 내가 아이를 챙길 수 있을까?'

임신 기간 내내 나는
태어날 아이에게 내가 민폐가 되면 어쩌나 하는 두려움에 휩싸여 있었다.

그러다 문득 이런 생각이 들었다.
아이는 나 혼자 키우는 게 아니라고
세상에는 아이를 자라게 할 수많은 양분이 존재하고 있다고….

하늘이, 바람이, 꽃이, 우연히 듣게 될 음악이
옆집 아주머니의 미소와 동네 꼬마의 놀이가
나와 함께 이 작은 아이를 키워줄 것이다.

남편, 친정 부모님, 시부모님, 앞으로 만나게 될 친구들까지,

아이는 나 외에도 무수한 인연을 만날 것이고

스스로의 판단으로 무엇에 영향을 받을지 안 받을지를 판단해나갈 것이다.

그렇게 아이를 낳았다.

부족하지만 부족한 대로 최선을 다하고

나머지는 하늘에 맡기겠다는 마음으로.

그런데 신기하게도 아이를 낳고 나니

전혀 몰랐던 내 모습들이 불쑥불쑥 나왔다.

서툴지만 그래도 꽤 엄마 같은 모습들 말이다.

아이를 낳지 않았다면 끝까지 몰랐을 것 같다.

내 안에 누군가의 엄마가 되어줄 힘이 숨어 있었다는 걸.

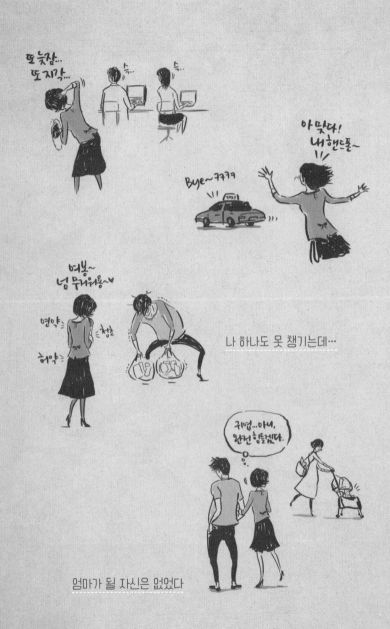

그런데 엄마가 되고 보니

어디 아픈가..

몇번을 깨는 게야..

나에게 아이를 챙겨줄
따뜻함이 있었다

그냥
쉬싼 거
아냐?

아니야..
어디아픈 것
같은데...

울음소리를 해석할 지혜도 있었다

밤새 옆에서 지켜줄 끈기도 있었다

엄마가 되어서야 알았다
내 안에 이런 힘이 있다는 걸

세상의 모든
엄마들에게는
힘이 있다

첫눈에 반하다

나의 목표는 쿨한 엄마였다.

아기한테 죽고 못 사는 그런 육아는 절대로 하지 않겠다고 다짐했었다.

그러나 딸을 품에 안는 순간, 그런 목표는 애초에 없었던 것처럼 증발해버렸다.

내 아이에게 문자 그대로 첫눈에 반해버린 것이다.

꼬물꼬물 애벌레처럼 움직이지도 못하는 무능함, 보들보들한 피부결,

갸르릉거리는 숨소리와 고양이 같은 울음소리,

아이의 모든 것이 내 맘을 꽉 움켜잡았다.

아침에 눈을 뜨면 아기를 볼 수 있다는 생각에 가슴이 뛰었고,

잠시만 떨어져 있어도 그리웠고

볼 때마다 깨물고 싶은 충동을 참느라 힘들었다.

첫눈에 반한 상대를 매일 껴안을 수 있다니 얼마나 좋았겠나.

아이를 사랑하는 것에는 이성을 사랑하는 것과는 다른 충만감이 있었다.

내가 더 사랑해도 상관없고, 헤어짐을 걱정할 필요도 없는

편안하고 완전한 행복감이었다.

아이를 낳은 후부터 모유수유를 끊기 전까지

아이가 바라보는 것도 아이가 사랑하는 것도 세상에 나 하나뿐이다.

세상에 찌들지 않은 아이가 처음으로 주는 순수한 사랑….

그걸 받을 수 있는 사람이 바로 엄마이다.

어쩌면 엄마가 아이를 사랑하는 것보다

아이가 엄마를 훨씬 더 많이 사랑해주는지도 모른다.

엄마가 되는 건 예상보다 훨씬 어려운 일이었으나

동시에 예상보다 훨씬 행복한 일이었다.

그땐 그랬지

이렇게 푹 빠지게 될 줄 몰랐지

아기는 태어나면서부터 말을 한다

사실 아기는 태어나면서부터 말을 한다.

배고픈 것도, 응가한 것도,

졸려서 짜증난다는 것도, 방금 한 농담이 재미없다는 것도

울음, 몸짓, 눈빛 등 표현할 수 있는 모든 것을 동원해서 알려주었다.

때로는 말을 다 알아듣는 것 같기도 했다.

내가 화가 났을 땐 알아서 조용해지고

내가 우울할 땐 별 거 아닌 것에 꺄르르 웃어주기도 했으니까

어쩌면 아기는 말을 못하는 게 아니라 세상의 언어를 모르는 것뿐이고

어른들이 아기의 언어를 이해할 능력이 없는 것인지도 모른다.

자라면서 아기 때 쓰던 언어를 잊어버린 거지.

하지만 그런 상상을 하는 순간

아기는 내가 온종일 신었던 스타킹을 맛있게 빨고 있었다.

"안 돼!"라는 나의 말을 못 알아들은 듯 멈추지 않고 말이다.

음…, 정말 못 알아 듣는 건가?

원하는 것만 표현하고, 듣기 싫은 건 못 들은 척하는 건 아니겠지?

말하지 않아도 말하고 있다

시간이 해결해준다

아이가 어떤 행동을 하는 것에 대해

심각하게 고민한 적이 있었다.

그런데 그 시기 대부분의 아이들이 겪는

일시적인 현상이란 것을 뒤늦게 알았다.

아이는 자라면서 계속 달라지고 있다.

어떤 것이 진짜 아이의 성향인지

일시적으로 지나가버리는 것인지

현재의 나로선 전혀 알 수 없다.

시간이 해결해준다는 말은

시간이 지나야 문제라고 생각하는 것들의 실체를

제대로 볼 수 있다는 말일지도 모른다.

지금 고민하는 다른 문제들도

어쩌면 전혀 아무 문제가 아닐 수도…….

엄마는 아기가 앉는 첫 번째 의자

너무 많이 안아줘서 그랬을까.

아이는 누워 있는 것을 지독히도 싫어했다.

엄마, 아빠가 보이지 않으면 큰 소리로 울어대서

바닥에 내려놓을 수가 없었다.

그럴 때마다 나는 앉을 수 없는 아이를 내 무릎 위에 올려놓고,

내 가슴으로 녀석의 등을 받쳐서 앉을 수 있게 잡아주었다.

그래, 나도 내 어머니의 무릎에 이렇게 처음 앉았을 테고

내 어머니도 외할머니의 무릎에 이렇게 처음으로 앉았을 테고

외할머니도 외증조할머니의 무릎에 처음으로 앉았겠지?

엄마는 의자구나.

앉지 못하는 아기들이 태어나서 처음으로 앉는 의자.

사실, 엄마가 의자만 되어주는 건 아니다.

졸릴 땐 베개가, 아플 땐 약이, 배고플 땐 맘마가 되어주니까.

아이가 두려움 없이 세상을 마주할 때까지

엄마는 아이가 필요한 모든 것이 되어주는 것이다.

첫 번째 친구도, 첫 번째 코디네이터도, 첫 번째 선생님도 엄마일 테고,

아이가 읽을 첫 번째 책도, 아이가 먹을 첫 번째 요리도,

아이가 가게 될 첫 번째 여행도 엄마가 고를 테니 말이다.

(물론 경우에 따라서는 아빠가 될 수도 있겠지.)

아이가 자신만의 힘으로 세상을 대할 수 있게 될 때까지

엄마는 이런저런 모습으로 변신하면서 아이와 세상 사이를 이어준다.

초능력 같은 게 없어도 말이다.

자, 다음에는 뭐가 되어볼까.

너무 많이 안아줘서
그랬을까

아이는 누워 있는 것을
지독히도 싫어했다

누워있는 걸 싫어하는 널 위해

엄마는 너의 첫번째 의자가 되어 주었지

엄마 의자가 더좋아요?

엄마는 앉지 못하는 아기들이
처음으로 앉는 의자

사실 엄마가 의자만
되어주는 건 아니다

오늘지..
잘 먹는다..
맘롬봐..

배고플 땐 맘마가 되어주고

먹자마자
잠드네
응..

졸릴 땐 베개가 되어주고

옛날 이야기
또 해주세요~

심심할 땐 이야기가 되어주고

엄마손은 약손이다.
엄마손은..

우리엄마도
이거 많이 해주셨는데
이젠 내가..

엄마
배아파..

아플 땐 약이 되어주고..

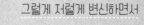

그렇게 저렇게 변신하면서

아이가 두려움 없이
세상을 마주할 때까지

처음을 지켜보는 사람

5월 6일은 바다표범을 처음 본 날

6월 7일은 마음이 아팠다는 말을 처음 쓴 날

6월 8일은 처음 기차를 타고 이모 집에 간 날

6월 9일은 처음 삐친 게 십 분 이상 간 날

7월 4일은 처음 타이어 썰매를 탄 날

12월 3일은 거울 보며 예쁜 척을 처음 한 날

2월 26일은 쌍꺼풀이 생겼냐고 처음 물어본 날

아이에겐 거의 모든 것이 처음 하는 것들이다.

그래서 무섭지 않을 걸 무서워하기도 하고 무서워해야 할 걸 환영하기도 한다.

먹지 말아야 할 걸 먹겠다고 떼쓰고 웃으면 안 되는 곳에서 큰 소리로 웃기도 한다.

별거 아닌 것들에 신기해하며 감격해 마지않는다.

그런가 하면 별거 아닌 것에 공포에 질리기도 한다.

그런 모습을 지켜보는 건 꽤나 재미지다.

늘 예상을 뛰어넘는 표정과 리액션을 보게 되니까.

그렇지만 어떻게 반응해줘야 할지 고민도 된다.

나 역시 엄마는 처음 하는 것이므로….

세상은 결국

아기에게도 처음,

엄마에게도 처음.

엄마도 사람이다

쑥과 마늘만으로
곰이 인간이 된 것처럼,
커피도 라면도 떡볶이도 햄버거도 끊고,
두유와 미역국, 유기농 식단만으로 연명하며
사람에서 엄마가 되었지만,

그래도 계속 참기만 하는 건 불가능해.
먹고 싶을 때 먹고 싶고
졸릴 때 자고 싶고
나가고 싶을 때 나가고 싶고….
이렇게 하고 싶은 걸
계속 못 하면서 살 수는 없는 일이야.

엄마라고 해도
한낱 사람에 불과하니까.

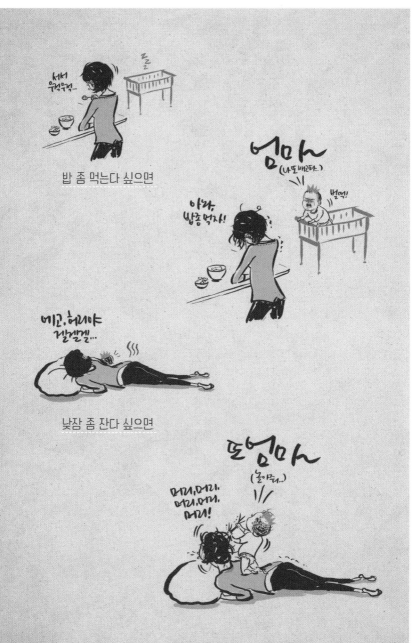

화장실 좀 간다 싶으면

엄마도
사람이다...

적당히 좀...ㅜㅜ

포기 그리고 시작

아이가 생기면 분명히
포기하게 되는 것들이 있다.
그리고 분명히 새롭게
시작되는 것들이 있다.

못 하게 되는 것들이 느는 만큼
할 수 있게 되는 것들이 늘어난다.

여름 밤 친구들과
맥주 한잔을 마시는 일이 여전히 그립지만
편의점에서 점원이 날 '어머님' 하고 불렀던 순간
너무 깜짝 놀랐지만

엄마가 되지 않았다면
아이가 주는 사랑을 받지도 못했을 테고
부모님께서 어떤 마음으로
날 키우셨을지 십 원어치도 몰랐겠지.
(지금도 잘 모르지만)

분명한 건
아이를 낳고 나는 더 행복해졌고
더 많은 사람을 이해할 수 있게 되었으며
조금 더 넓은 사람이 되었다는 것.

처음으로 내가 포기했던 건
아침마다 커피를 마시는 것

두 번째로 내가 포기한 건
세 시간 이상 푹 자는 것

세 번째로 내가 포기한 건
눈썹을 그리는 것

네 번째로 내가 포기한 건
심야의 데이트

그리고

처음으로 내가 시작한 건
뽀로로 애니메이션 시청

두 번째로 내가 시작한 건
아기띠로 패션을 완성하는 것

세 번째로 내가 시작한 건
밤이 아침이 되는 걸 지켜보는 것

네 번째로 시작한 건
아침마다 뽀뽀 세례를 받는 것

아이가 생기면 분명히
못 하게 되는 것들이 있다

그리고 분명히 새롭게
시작되는 것들이 있다

아이를 통해 느껴보는
새로운 종류의 행복

못 하는 것에 익숙해진다

아이를 키운다는 건

밥을 밥처럼 먹을 수가 없고

커피를 커피처럼 마실 수가 없고

잠을 잠처럼 잘 수 없는 것이다.

아기가 보채고 울고 달려드니

순간에 온전히 집중할 수가 없고

밥맛도 커피 맛도 꿀잠도

느낄 수 없는 날들이 이어진다.

늘 뭔가 부족한 채로,

늘 정신없는 상태로,

일 년이고 이 년이고 점점

하고 싶은 걸 못 하는 것에 익숙해진다.

이 익숙함을 당연시하게 되면 큰일 난다.

평생 하고 싶은 걸 미루면서 살게 될지도 모르니까.

그래서 엄마들에겐

아기가 잠든 시간이 정말 소중하다.

잠깐이라도 하고 싶은 것을 하고

자신의 욕구와 감정에 충실할 수 있으니까.

PS. 딸아, 오늘도 부디 일찍 잠들어주렴.

네가 잠들어야 엄마는 다시 사람이 된단다.

고기는 서로 쌈 싸주며
먹어야 제맛

냉면은 비빔·물냉 2개 시켜
나눠 먹어야 제맛

마무리는 자판기 커피를
뽑아 마셔야 제맛

공감의 최고 형태

넘어지고 다치는 게 너의 일상이지만
네가 넘어져서 무릎이 까지기라도 하면
소리는 내가 더 지르게 되더라고.
내 몸이 다쳤을 때보다
몇 배는 호들갑을 떨고 있더라고….
인간이 내가 아닌 다른 인간의 아픔에
이렇게나 동일시할 수 있다니

이것이야말로
공감의 최고 형태가 아닐까?

아이가 다치면 내 마음이 더 다친다
오싹오싹

육아의 끝은 어디인가

임신했을 땐 아이를 하루라도 빨리 낳고 싶었다.

아이 얼굴이 정말 보고 싶었기 때문이다.

그때마다 지인들이

'배 속에 있을 때가 제일 편해.'라고 말했던 기억이 있다.

낳고 보니 정말 그랬다.

두 시간 이상 잘 수가 없었으니까.

하루 종일 누워만 있는 신생아 시절엔

빨리 걸어서 같이 외출했으면 좋겠다고 생각했다.

그런데 걸어다니니까 쫓아다니느라 몸이 몇 배는 힘들었다.

그렇게 아이가 커가면 커갈수록

쉬워질 만하면, 익숙해질 만하면, 새로운 과제가 튀어나왔다.

육아에 끝은 없는 것 같다.

가족이라는 관계에 끝이 없는 것처럼…….

아이가 다 자라서 성인이 된다고 해도

결혼 준비, 김장, 애 봐주기 등등

엄마라는 이름으로 해줘야 할 일이 분명 또 있을 것이다.

엄마 눈에 아이는 아무리 커도 아기처럼 보일 테니까.

육아의 끝은 어디인가...

(행복은하다만)
육아는산넘어
산이로구나...

대한민국 엄마들,
화..화이팅!

엄마가 되고 나서 알게 된 것들

아기를 낳으면 당연히 모유수유를 하겠다고 생각했다.

그건 모유수유가 그냥 자동으로 되는 건 줄 알았기 때문이었다.

하지만 모유수유는 고문과 같은 수준의 통증을 참아내야 하는 일이었고

해본 일 중 가장 낯선 일이었다.

인류의 미래를 길러내는 이 중요한 일이 눈앞에 닥치기 전까진

제대로 들어본 적도 배워본 적도 없었다는 게 참 신기할 따름이다.

모든 인간은 모유수유를 할 수 있는 능력을 타고나는 줄 알았으나

이것은 후천적으로 습득해야만 하는 고난도의 기술이었다.

어쩌다 아기가 잘못 물기라도 하면 피가 흘렀고

제대로 물리게 되기까지 2주가 넘는 시행착오가 계속되었다.

젖몸살이 와서 열이 펄펄 났고 움직이지도 못할 만큼 아파서

눈물만 흘리며 누워 있기도 했다.

그래도 힘들다는 이유로 수유를 멈출 수는 없었다.

아기는 너무 연약해 보였고 건강하게 키우기 위해선

내가 더 노력해야만 할 것 같았다.

그래서 그 모든 고통들을 매우 적극적으로 받아들였다.

그 전까지의 나는 힘든 일은 피하고,

아프면 멈추고, 불편한 건 안 하면서

자기 자신을 먼저 챙기는 사람이었는데

그런 내가 이파도 힘들어도 꾹 참고 있는 것이었다.

여태껏 한 번도 보지 못했던 생소한 내 모습이었다.

엄마가 되고 나서 알게 되었다.

세상의 수많은 엄마들이 능숙해서 모유수유를 했던 건 아니었단 것,

못하는 일도, 어려운 일도

아기를 위해서라면 어떻게든 하게 되는 게 엄마라는 걸 말이다.

그리고 절대 그렇게 되지 않을 것 같았던 나 같은 사람도

그렇게 변하는 거짓말 같은 일이 일어나기도 한다는 것도….

(물론 일시적이었지만….)

엄마는 쉽게
젖 먹이는 건 줄 알았어

그런데 엄청 어렵더라…

엄마는 다들
잘 업는 줄 알았어

그런데 진짜 무겁더라…

엄마는 자식 먹는 것만 봐도
배부른 줄 알았어

그런데 배고프더라…

엄마는 꾸미는 걸
싫어하는 줄 알았어

그런데 시간이 없는 거였어…

바쁜데
아침부터
밥안먹고
장난칠 꺼야?

나를 혼낼 땐 엄마 속이
시원했을 거라 생각했어

괜히 화내가지...
회사 때려칠까..

그런데 무지 쓰리더라…

일어나!
어린이집
가야지!

나도
자고싶다...TT

이제야 알았어 엄마도 나처럼
어려웠을 거라는 걸

이제 조금 알겠어
부모 마음이 어떤 건지

고마워요 엄마

2

엄마라는 낯선 옷

엄마는 잊어버리는 사람: 자기 자신이 어떤 사람이었는지

처음을 잊지 말자

우유 몇 미리 더 먹었다고 칭찬하고,

몇 걸음 더 걸었다고 환호하고,

잠만 오래 자도 효자라고 하고.

때론 아이가 부럽기도 했다.

잘 자고 잘 먹고 잘 싸는 것만으로도

칭찬받으며 살 수 있으니까.

아이가 처음 발을 들어 올려 손가락으로 제 발가락을 잡았을 땐

나와 남편은 탄성을 내뱉으며 수십 장의 사진을 찍어댔다.

손가락으로 발가락을 잡는 아무 것도 아닌 행동도

최초의 것이 되었을 땐 자랑과 감탄의 대상이었다.

불가능했던 것이 가능해지는 순간이었으니 말이다.

자기 목을 자기 힘으로 지탱하는 것

허리에 힘을 주고 혼자서 앉아 있는 것

누워 있다가 몸을 옆으로 돌려 스스로 일어나는 것처럼

어른이 된 지금은 의식조차 하지 않는 움직임이나 감각들이

당연한 게 아니었음을 아이를 보면서 알았다.

나는 원래는 누워 있다가 일어나는 것도 못 했었고

발가락이 간지러울 때 제 손으로 긁지도 못하는 존재였다는 걸 말이다.

그렇게 아이를 지켜보며 처음의 순간들을 되새김질하다 보면

감사할 것들이 무척 많다는 것을 새삼 깨닫게 된다.

그래, 우리 세 식구 아무 탈 없이 건강한 게 어디야.

그게 행복이지…….

손가락이 열 개 있다고 감사하고

잠만 잘 자줘도 행복해하고

밥만 잘 먹어도 칭찬하고

잘 걷는 것만으로도 감격했다

너무 노는 것만
좋아하는 게 아냐..

　다른 애들보다
　키가 작은가...

너무 하게 크면
안 되는데...

　태권도를 시킬까
　격투기를...
　‥‥‥

까르르르르~

한글 빨리
떼야 하는데...

　영어는 언제 하지...

일곱 살에는 혼자서
책 다 읽는다던데...

　학군 좋은 곳으로
　이사 가야 하나...
　‥‥‥

그러나 아이가 커갈수록 커져가는
부모의 욕심...

처음을 잊지 말자

아무탈 없는 것만으로도
감사했던

사랑할
시간도
모자라니까...

참을 인

학창시절엔
참을성이 없었다.
오래 매달리기도
오래 앉아 있기도
오래 달리기도
참을 수 없었다.

그런데
엄마가 되고 나니
오래 안고 있는 것도
오래 안 자는 것도
오래 못 먹는 것도
희한하게 잘 참고 있었다.

팔 아파도 참고
졸려도 참고
배고파도 참고
불쑥 화가 나도 참고

이렇게 나도
둥글둥글해지는 걸까?

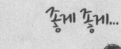

순간의 '욱'은 참고 훈육한다

네 마음이 자랄 때까지

어떻게 해야 잘 자랄까?

스스로 하도록 내버려둬야 할까?

할 수 있을 때까지 옆에서 챙겨줘야 할까?

하루에도 몇 번씩 고민했다.

자꾸 챙겨주니 늦어지는 것 같고,

혼자 하게 두니 서러워하는 것 같고.

적어도 남들과 비슷하거나

조금 빨리 자라도록 이끌어줘야 하는 것 같은데….

하지만 엄마가 자라게 해줘야 하는 건
키, 몸무게, 독서 능력, 식사 습관 같은 것보다
아이의 마음이 먼저 아닐까.

내 아이만의 속도와 맞춰주고
좀 늦게 가더라도 기다려주는
그런 엄마가 되고 싶다.

하지만 마음이 얼마나 자랐는지
눈에 잘 보이지 않는다는 게 문제….

부쩍 자란 모습을 보고
아기처럼 대하지 않으려고 했다

안아주고 싶어도
안아줄 수 없을 정도로 커버린 아이

그래서 자기 일은
스스로 해낼 수 있게

빼꼼...

잘...
자나...?

쓱쓱...

헐..뭐야!
잠 안 자고!!

누가 잠 안 자고
벽지에 낙서하래!
네가 아기야?
네가 몇 개야...

일부러 엄격하게 대했다

하지만 아직 마음은
다 자라지 않았나보다

성급하게 키우려다
네 마음이 다치면 안 되니까...

네 마음이
자랄 때까지
기다려줄게...

급하지 않게, 조금만 천천히

엄마를 들었다 놨다 들었다 놨다

아이가 아침에 일어나자마자 쪼르르 달려 나온다.

"엄마, 제가 엄마 정말로 사랑해요."

갑자기 웬 존댓말에 애정 표현?

아, 어젯밤에 혼난 채로 잠들었구나.

밤새 엄마가 자기를 사랑하지 않을지 모른다는 걱정에 휩싸이기라도 한 건가.

내가 아무 대답을 하지 않자, 아이는 한 번 더 공들여 말을 꺼낸다.

"엄마 정말로 정말로 사랑해요."

아이가 저러는 이유는 간단하다.

"그래, 나도 사랑해."라는 말이 듣고 싶기 때문이다.

하지만 오늘따라 나는 아이가 원하는 대로 움직여주고 싶지 않았다.

최근 들어 말썽을 많이 부리는 바람에

버릇을 단단히 고쳐주어야겠다는 결심을 했기 때문이다.

외동딸이라 애정을 쏟아부었던 것이

오히려 아이를 제멋대로 행동하게 만든 게 아닌가 하는 고민을 하는 중이었다.

그러자 아이는 책을 꺼내서 소리 내어 읽기 시작한다.

책을 혼자 힘으로 읽는 것은 내가 칭찬해 마지않는 행동 중 하나.

애쓴다 싶어 안쓰럽기도 했지만 모른 척 아침 준비에 몰두했다.

잠시 후 아이는 또 내 옆으로 다가온다.

"엄마, 제가 도와드릴까요?"

"너는 밥 잘 먹는 게 도와주는 거지."

"저 밥 진짜 잘 먹을 수 있어요!"

안 쓰던 존댓말도 계속 쓴다. 마음이 점점 약해진다.

평소 잘 먹지도 않던 녀석이 밥을 싹싹 비우고

싱크대까지 빈 그릇을 가져다 놓는다.

나는 결국 "아이고 예뻐. 사랑스런 우리 딸!" 하며 꼭 안아버렸다.

아이는 이제 됐다는 표정으로 씩 웃더니 침대 위로 올라가 펑펑 뛰기 시작한다.

앗, 이것은 내가 제일 싫어하는 행동이다.

"엄마가 거기서 뛰지 말라고 했지!!!"

오늘도 아이는 엄마를 들었다 놨다 들었다 놨다….

아침에 일어나
뽀뽀를 해주면

어머~
이런귀여운
모냥을 봤나!!

천사 엄마

빈둥빈둥

어린이집...
갈 준비해야지.

밥 안 먹겠다며
숟가락을 던지면

忍 (참을)인

가지마~
먹지마~

忍

괴물 엄마

그럼 그럼...

고양이 눈으로
글썽글썽 바라보면

......

아아..
엄마가 미안해...

천사 엄마

약먹고
뛰는 중

휴.. 다 먹겠네..
약먹이기
힘들어..

애써 먹인 감기약을
뱉어버리면

힉...!!
옷 다 입혔는데!!

웩~   쭈르륵

약 먹고
뛰지 말랬지!!!
껙꿔억!!

놀지 말고
옷 세탁하이!!

괴물 엄마

아장아장 뒤뚱뒤뚱
뒤태를 보면

천사 엄마

바닥에 떨어진
사탕을 주워 먹으면

괴물 엄마

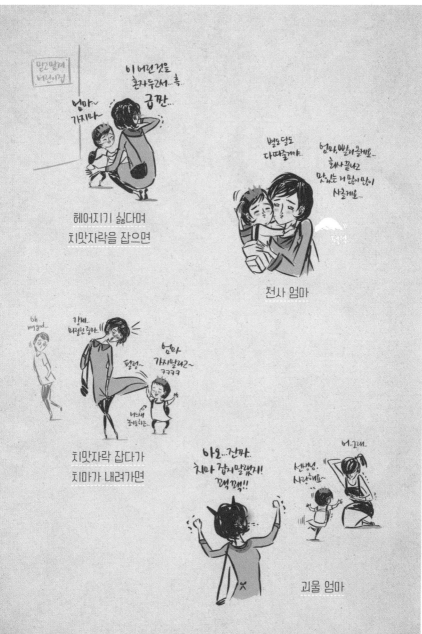

헤어지기 싫다며
치맛자락을 잡으면

천사 엄마

치맛자락 잡다가
치마가 내려가면

괴물 엄마

엄마!!

엄마 왔다

다다다...

엄마 얼굴 그렸다며
보여주면

천사미소

흐뭇

기분좋음

엄마피로가
확 풀리는데?

천사 엄마

이건아빠~
짠~

헐...
새로 도배했는데..

아빠 사랑해요

새로 바른 벽지에도
그렸다면

이게진짜~!!
꽥꽥!!

엄마 사랑해요♥

엄마 ㅋㅋㅋ

괴물 엄마

엄마는 다중이인가

하루에도 몇번씩
엄마를...

들었다,

놨다...

들었다,

놨다...

:

참 다이나믹하다 다이나믹해

애들이 다 그럴지 뭐

키가 자랐다고
생각도 자랐을 거라 기대했다.

이를 닦을 수 있다고
똥도 닦을 수 있을 거라 기대했다.

밥을 혼자 먹을 수 있게 됐다고
약도 혼자 먹을 수 있을 거라 기대했다.

어른스러운 말을 한다고
어른스러운 행동을 기대했다.

아이는 아이였을 뿐인데
혼자 기대하고 혼자 실망한 것이다.

아이에게 아이 이상의 것을 바라지 않는 것
그게 서로에게 좋은 것 같다.

솔아... 우리 예쁜 솔이...
엄마에게 와줘서 너무 고마워!
이거는 엄마가 만들어주는 첫선물이야.
엄마 뜨개질 잘 못하지만
우리예쁜 솔이 주려고
네가 잘 때마다 조금씩 만들고 있단다.
나중에 커서도 이 목도리 꼭 간직해줘...
사랑한다 우리 아가.
엄마랑 커플 목도리야
쭈겨도 쭈겨도...

애들에게 애들 이상의 것을 바라지 말자

680

잘 지는 법

있잖아.

진다고 큰일 나는 거 아냐.

그렇게 세상이 끝난 것처럼 울 필요 없어.

다음에 또 하면 된다고.

원래 이겼다가 졌다가 하는 거야.

야구선수 요기베라 아저씨도 그랬어.

끝날 때까지 끝난 게 아니라고.

가위바위보, 지금은 못하겠지만 십 년만 지나 봐.

곧 껌 씹듯이 쉬워질 걸. 아, 넌 아직 껌도 못 씹는구나.

그런데 그렇게 말하면서 정작 엄마도 모르는 것 같다.

잘 지는 방법.

져도 아무렇지 않을 수 있는 방법.

나도 모르는 걸 너에게 가르쳐줄 수 있을까.

사람이니까 누구라도 지는 건 기분 나쁠 거야.

하지만 사람이니까 지는 거고, 사람이니까 쓰러지는 것 같아.

어쩌면 아주 일상적으로 일어나는 일인 거지.

엄마가 할 수 있는 건 그저

네 옆에서 이렇게 말해주는 게 다일지 몰라.

"괜찮아, 괜찮아. 열심히 한 것만으로도 충분히 훌륭해."라고….

져줘야 아이는 즐거워한다

엄마는 가르쳐주고 싶어

이기는 게 참 어렵다는 걸

그래서 노력해야 한다는 걸

또 노력해서 잘 안 된다 해도
괜찮다는 걸

이기기만 하다 보면 졌을 때 어떻게 해야 할지
모르는 사람으로 클 테니까

살다 보면 이길 때보다
질 때가 더 많을 거야

그럴 때 쉽게 털고
일어날 수 있도록

흔들리지 않고 밝게
웃을 수 있도록

너에게
잘 지는 법을
가르쳐 주고 싶어...

와, 이젠
정말 잘하네~

이번엔
내가 이겼지?

까르르르...

싫다고 말할 수 있는 사람

세 돌이 지나자 아이는 자기 의사를 분명히 밝히기 시작했다.

좋은 건 좋다고, 싫은 건 싫다고 표현하게 된 것뿐인데

아, 이게 사람들이 말하는 미운 네 살이구나 싶었다.

밥 한 번 먹이려고 해도 먹기 싫다, 맛없다, 다른 걸 달라,

다 식었다, 혹은 너무 뜨겁다, 예쁜 그릇에 담아 달라

이런 식으로 자기 주장이 늘어나는 바람에 아침마다

실랑이하는 시간이 배로 늘어났다.

그렇다 보니 "아니" "안 해" "싫어"라는 말을 자주 했고

처음에는 반복적으로 거부 의사를 밝히는 게 화가 나기도 했다.

하지만 내 말을 안 듣는 게 꼭 나쁜 건 아니라는 생각이 들었다.

내 말에 순종적인 아이는 사회에 나가서도 순종적일 가능성이 높을 테고

싫은 걸 싫다고 말하지 못하다가 자기가 원하는 대로 살지 못할 수도 있다.

어쩌면 자기가 원하는 걸 제대로 말할 줄 아는 뚝심과 용기가 있는 건지도 모른다.

정말 그렇다면 지금의 이 거친 표현들이 매우 반가운 것이 된다.

지금 엄마에게 싫다고 말하는 것처럼

커서도 싫은 건 싫다고 말할 수 있는 어른이 되길 바라….

화는 나지만

다시 생각해보니 다행이다

자기 생각을 스스럼 없이
말할 수 있는 아이여서

커서도 지금처럼 싫은 건 싫다고
말할 수 있는 사람이 되길 바라

밤이면 밤마다

밤이면 밤마다

엄마가 하는 건

후회

왜 그랬을까.

그러지 말걸.

너무 소리 질렀나?

마음에 상처를 입은 건 아닐까?

악몽이라도 꾸면 어쩌지?

트라우마 생기려나?

더 놀아줬어야 했나?

혹은 너무 놀아줬나?

악역은 맡기 싫은데

훈육할 사람은 나밖에 없고

후…, 육아가 객관식이라면 좋겠다.

이건 너무 서술형, 논술 스타일이야.

하지만 무슨 정답이 있겠어.

육아도 인생도.

이렇게 고민하고 있다는 건

그만큼 최선을 다하고 있다는 거니까.

후회는 그만하고 빨리 자야지.

내일 아침에 출근하고 아이도 등원시키려면….

자나?

스르르...

밤이면 밤마다

유...
겨우 재웠다..

엄마가 하는 건

후회...

'왜 그랬을까..
그러지 말걸..
너무 소리질렀나..
마음에 상처를 입은 건 아닐까..
악몽이라도 꾸면 어쩌지..
더 놀아줬어야 했나..
너무 놀기만 했나..'
· · · · · ·

아이가 그런 행동을
했기 때문에 화가 난 걸까?

내가 화가 나 있는 상태여서
더 혼낸 걸까?

훈육은 해야 하고

아이는 아무것도 모르고
새근새근 자는데

글처럼만
되면 좋겠다.
현실은 달라

엄마는 아무것도
모르겠어서 잠을 못 자네

엄..마..?

어, 그래...
엄마, 여기있어...

토닥
토닥

'괜찮아요'

'육아에 무슨 정답이 있겠어요'

인생도 그렇듯이

휴일 날

휴일이 평일보다 더 힘들다.
아이와 밀착된 시간을 보낼 수 있어서 좋긴 하지만
빨래, 청소, 요리, 장보기까지 밀린 일들을 처리하려다 보면 몸살이 나니까.
그동안 못 해준 것들을 한꺼번에 다 하려다 보니
매번 무리를 하게 되는 것이었다.

그래서 터득한 게 '모른 척'이었다.
조금 지저분해도 모른 척, 조금 맛이 없어도 모른 척,
놀이동산에 가고 싶어 해도 모른 척,
그러면서 체력이 허락하는 한계 안에서 할 수 있는 것만 하는 것이다.

그렇게라도 하지 않으면 결국 병이 나버리기 때문에.
하지만 모른 척하자고 다짐을 해도 아이 얼굴만 보면,
나도 모르게 "놀이동산 갈래?"라고 말을 꺼내고
남편에겐 "맛있는 것 해줄까?"라고 물어보고 있었다.
요리도 잘 못하면서….

그리고 월요일 아침이 되면
금요일보다 몇 배는 더 무거워진 몸으로 출근하게 되는 것이었다.

모른 척한다는 건 생각보다 쉽지 않다.

휴일이라 더 일찍 일어나

휴일이라
더 많이 놀아줘...

휴일이라
더 많이 요리해...

휴일이라
더 많이 청소해...

휴일이라
더 많이 놀러가...

휴일이라
더 많이 차 막혀...

휴일이라...

휴일이라 더 힘들어

육아는 팀워크다

내가 책임질 일이 너무 많다고 생각했다.

손톱을 깎아주는 일도, 목욕을 시키는 것도

등원시키고 준비물을 챙기는 것도, 동네 친구를 만들어주는 일도

도서관에서 책을 빌려주고, 책을 읽어주는 것도

다 내가 해야 하는 일이라고 생각했다.

엄마의 빈자리를 느끼지 않도록

할 수 있는 모든 것을 해야 한다며 나를 압박했다.

그러다 병이 나서

손을 놓을 수밖에 없었던 어느 날

아이의 일상이 잘 굴러가는 걸 발견했다.

그제서야 알았다.

그동안 나는 혼자가 아니었다는 것을

주변에 있는 수많은 사람들이 나와 함께

아이를 키워주고 있었다는 것을 말이다.

어쩌면 내가 혼자 다 하려고 애를 썼던 게

다른 사람들이 도와줄 여지를 없애버렸던 게 아닐까.

내가 먼저 인정하고 손을 내밀어야 했던 것이다.

육아는 엄마 혼자서 다 할 수 있는 일이 아니라는 것을….

집에서 나 혼자

나 혼자 밥을 먹이고

나 혼자 씻기고

나 혼자 재우고

그렇게 나 혼자서만
다 키우고 있는 줄 알았다

자..
책읽을까..

그런데...

이건 빨간색..
..어디가?

다다다다

내가 가르쳐주지 못한 것을

응.. 그러네..
언제 됐지..?
예쁘네..

이게
빨간색!

자연이 가르쳐주고 있었고

내가 해주지 못한 놀이를

아빠가 채워주고 있었고

내가 알아주지 못했던 습관은

어린이집 선생님이 발견해주고 있었고

내가 돌봐줄 수 없었던 시간을

옆집 엄마가 돌봐주기도 했으며

내가 풀어주지 못한 마음은

할머니가 풀어주고 있었다

혼자하기 벅차다는
생각뿐이었는데

다시 돌아보니
나를 도와준
수많은 마음들이 있었다

그렇게 나의 작은 아이를
온 세상이 함께
키워주고 있었다

쑥쑥
자란다

아빠와 딸

남편이 딸과 노는 모습을 지켜보면
아버지와 어린 시절의 내가 떠오른다.

꼼꼼하게 챙겨주시는 어머니와는 달리
아버지는 쫄쫄이 같은 불량식품도 잘 사주셨고
만화책도 빌려서 함께 읽었고
일요일 아침엔 짜파게티를 끓여주셨으며
놀이터에선 또래처럼 놀아주셨다.

그래서 나는 아빠가 어린아이 같은 사람이라고 생각했다.
하지만 딸에게 다 맞춰주는 남편을 보니
아버지도 그저 나에게 맞춰주셨던 게 아닐까 싶다.

아버지는 목말을 자주 태워주셨고

나는 훌쩍 올라간 눈높이로 세상을 내려다보는 걸 참 좋아했다.

시원하게 트인 하늘에서 거침없는 바람을 맞으며 바라본 세상은

내 작은 키로 보던 것과는 많이 달랐다.

날 가로막는 것도 없었고 무서울 것도 없었다.

아빠를 디뎠기 때문에 더 높은 세상을 바라볼 수 있던 그 순간

아마 아빠는 날 보고 있었을 것이다.

지금 내 남편이 딸만 보고 있는 것처럼….

그렇게 부모님을 딛고 자란 우리가

이번엔 아이를 위해 어깨를 내어주고 있다.

우리가 디딤돌이 되어줄 차례가 온 것이다.

얏빠빠빠~♥

아빠
최고!

아빠랑
노는 게 제일
♪♪ 재밌어!

아빠..
안아줘...

아빠를 사랑한다고
아낌없이 표현해주는
너의 모습이 참 고맙지만

친구 만나러
갔다올게~

시간이 지나서도
그대로일 거라고 생각하진 않아

너의 세상은 점점 더 넓어질 테고
소중한 사람도 늘어날 테지

아빠랑 노는 것보다
다른 게 더 재미있어질 거고
'아빠 사랑해요'라는 말도
많이 어색하겠지

혼자
있고
싶어요...
아빠...

하지만 시간이 지나 많은 게 변해도
변하지 않는 것도 있을 거야

딸,
가져가

Chocolate

아빠는 늘 너의 편이라는 것

"아빠
사랑해..."

아빠랑
결혼할 거야

너를 처음 사랑한 사람도
너를 가장 오랫동안 사랑한 사람도
아빠라는 걸

"아빠도
사랑해.."

무슨 일이 있다 해도
너의 손을 놓지 않을게

3

엄마를 키우는 건 아이

아이들은 관대하다. 때론 어른보다 어른스럽다

두근두근

잠든 아이를 하염없이 바라보다가

그 작은 가슴에 귀를 대고 심장 소리를 들어보았다.

그런데 예상과는 달리 엄청나게 커다란 소리가 들려오는 게 아닌가.

시냇물처럼 잔잔한 소리가 들릴 줄 알았는데

거대한 폭포가 쏟아지는 듯한 소리가 내 귀를 마구 때려댔다.

쿵쾅 쿵쾅 쿵쾅 쿵쾅!

세상을 향해 전력 질주하는 것처럼,

그 어떤 두려움도 없이 아이의 심장은 씩씩하게 뛰고 있었다.

파릇파릇 세차게 꿈틀대는 에너지가 고스란히 내게 전해지는 것 같았다.

그래서일까,

아이는 나보다 몇 배는 큰 소리로 웃고,

모든 것을 노래로 바꾸며,

같은 것을 만나도 훨씬 감격하고

다가오는 모든 것을 온몸으로 환영한다.

아이의 심장 소리는 하루하루 무력하게 버티는 내게 이렇게 말하고 있었다.

쿵쾅쿵쾅 정신 차려! 엄마!

쿵쾅쿵쾅 열심히 살아! 엄마!

쿵쾅쿵쾅 희망을 가져! 엄마!

작은 아이가 알려주었다.

행복해지는 방법은 세상에 마음을 활짝 여는 것이라고.

우연히 잠든 아이의
심장 소리를 듣게 되었다

작은 몸에 비해 지나치게
큰 심장 소리에 깜짝 놀랐다

아이의 심장은 '콩닥콩닥'이 아니라
'쿵쾅쿵쾅' 전속력으로 뛰고 있었다

그래서일까

아이는 늘 더 많이 웃고

더 큰 소리로 노래하며

더 열심히 사랑한다

같은 것을 바라봐도 어른인
나보다 몇 배나 더 행복하고

주변의 것들을
온몸으로 받아들인다

아이를 보면서 느낀다
행복해지는 방법은…

세상에 활짝 마음을
여는 것이라는 걸…

아이를 통해
나는 오늘 더 자란다

아이는 마음이 넓다

어느 날 저녁,
까맣게 더러워진 아이의 양말을 보고
실내화를 왜 안 신고 돌아다녔냐며 혼을 냈다.
그러자 아이는 표정 없는 얼굴로
"엄마가 실내화를 안 넣어줬잖아."라고 말했다.

아이가 잘못한 줄 알았는데 오히려 내가 잘못한 거였다.
아이가 말해주지 않았다면
그날이 월요일이었다는 것도,
주말에 실내화를 빨아야 했었다는 것도,
실내화를 빠뜨리고 안 넣었다는 것도,
양말로 돌아다닐 수밖에 없었다는 것도 모르고 아이를 혼낼 뻔했다.

미안해서 뭐라고 해야 할지 머뭇거리는 나에게
아이는 거짓말처럼 이렇게 말했다.
"괜찮아. 나는 그래도 엄마를 사랑해. 다음에는 잊지 말고 꼭 넣어줘."라고.

인류를 구하는 일을 하는 것도 아니면서
이렇게 정신 없기만 한 엄마에게 괜찮다고 말해준 것이다.
겨우 다섯 살인 녀석이. 똥도 못 닦는 녀석이.

아이들은 생각보다 마음이 넓다.
때로는 어른보다 더 관대하다.

"양말이 이게 뭐야!"

"..... "

"실내화를 신고
다녔어야지!"

"엄마가 실내화
안 넣어 줬잖아..."

"..... "

세상은 맛보는 것

"엄마 잠시만 눈 감고 있어." 하더니
자기 코딱지를 먹고 있다.

처음으로 백화점에 데려간 날
대리석 바닥을 핥으려고 했다.

노란색 매니큐어를
맛보겠다며 30분째 떼를 쓴다.

아이는 맘에 드는 것을 보면 가장 먼저 입으로 가져간다.
눈이나 코로 느끼는 것만으로는 만족을 못하는 건지
입에 넣고 그 맛을 봐야 직성이 풀리는 건지.
목욕을 하다가도 제 몸을 담갔던 물을 퍼서 그 맛을 보고
리모컨을 사탕인 양 쪽쪽 빨아 먹는다.
세상을 눈으로만 훑어보는 어른들과는 달리
이 녀석은 눈, 코, 입, 손까지 온 감각을 동원해 세상을 소화하려는 것 같다.

입으로 보는 세상은 어떨까?
지금의 나로선 전혀 상상이 되지 않는다.
어른인 나는 절대로 할 수 없는 걸 저리 즐겁게 하는 걸 보면
정말로 맛있거나 기분이 좋아지는 건가 싶기도 하다.

세상을 열심히 소화하는 중

아기의 브랜드

선물로 받은 반짝반짝 브랜드 신발을 짜잔~ 하고 보여줬을 때
아이는 아무 반응이 없었다.
신어보라고 해도 끝까지 신지 않았고,
한 번 휙 보곤 다시 눈길도 주지 않았다.

취향이 너무도 확고해서 선물로 받은 것들이나
내가 반해서 산 것들은 거의 대부분 거부했고
아무리 설득해보려 해도 먹히지 않았다.

태어난 지 28개월 된 아이가 가장 사랑했던 신발은
동네 시장에서 산 저렴한 가격의 뽁뽁이였다.
알록달록한 색깔, 다소 촌스러운 무늬의 시장표 신발이었지만
아이는 매일 그 신발만 신었고 정말 소중히 여겼다.
그 신발을 품에 꼭 안고 옹알옹알 거리던 모습이란… 참….
아디다스, 나이키, 리복, 탐스, 뉴발란스 같은
세계를 주름잡는 브랜드들이 무명의 뽁뽁이에게 굴욕을 당하고 만 것이다.

어쩌면 당연한 얘기일지도 모르겠지만
어른 눈에 좋은 것과 아이 눈에 좋은 것은 완전히 달랐다.
뭐, 아이는 브랜드를 학습한 적이 한 번도 없을 테니
딱지 떼고 보는 아이의 눈이 더 정확할 수도 있다.

안 그럴 줄 알았는데 나도 막상 엄마가 되고 나니
아이에게 좀 더 좋은 것을 해주고 싶은 욕심이 생기기 시작했다.
남들이 해주는 것, 남들이 좋다고 하는 것들을 못 해주면 안 될 것 같고
꼭 해줘야만 할 것 같은 조바심이 드는 것이었다.

하지만 정말 아이가 바라는 것
그리고 정말 아이에게 좋은 것은
어른들이 생각하는 그것들과는 다를 수도 있다.
이 시장표 뽁뽁이처럼….

어머,
고마워!

이모가 사준
나○○ 신발

큰아빠가 사준
아○○스 신발

뭐
이런걸다...

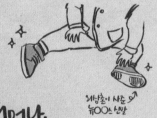

외삼촌이 사준
뉴○○스 신발

어머나,
땡큐!

그러나 아이가 가장 좋아한 신발은

그것만 그렇게
신고나가?

만 원도 안 되는 알록달록
시장표 신발이었다

동네에서산
시장표 신발...

다른좋은것도많은데...
그게제일좋아?
하아...

아장
아장...

아이의 눈엔
브랜드는 안 보이니까

아기가 좋아하는게 좋은 거다

엄마 하이힐 좀 신지마...
좋... 좋은 거야...

화려한 외출

엄마의 계획은
계획하지 않는 것.

계획한 걸 할 수 있는 확률이 거의 없으므로
괜한 스트레스를 받을 수 있음.

흘러가는 대로 맡기면서
외출한 그 자체를 즐길 것.

오늘, 우리동네
패션테러리스트,
동네한바퀴,
행차시오...

그런데 엄마 패션 센스는 어쩌라고..

이상과 현실은 다른 거지,
그런 거지

처음으로 삐친 날

아이는 아무리 늦게 와도 매번 반겨줬다.

왜 늦었냐고 뭐라고 하거나 삐치는 법이 없었다.

그래서 너그러운 녀석이라고 생각했다.

그런데 삐치지 않는 성격이었던 게 아니라

삐치는 법을 몰랐던 거였다.

다섯 살이 된 저녁,

아이가 퇴근한 나에게 처음으로 등을 돌렸다.

한참을 방에서 나오지 않고 화를 냈다.

그래서 알게 되었다.

그동안 내가 늦게 온 게 많이 속상했었다는 걸.

그리고 이제 속상한 마음을 표현하는 걸 배웠다는 걸.

아이가 화내는 모습은 어렵고 낯설었다.

어떻게 대해야 할지 모르겠다는 생각이 들었다.

빨리 성장하는 건 좋은 것인 줄로만 알았는데

엄마 입장에서 마냥 좋기만 한 건 아니었던 것이다.

자기 감정을 어떤 식으로라도 표출할 줄 알게 되었다는 건 대견했지만….

그래 많이 컸다.

이제 삐칠 줄도 알고.

성장은 때로 불편하다

처음 배운 말

아니

아니야

아녀

아니 아니 아니

아이가 처음 배운 말은 '아니'였다.

물론 '엄마'라는 말 다음으로.

말도 못하는 녀석이 '아니'란 말은 어찌나 단호하게 외치던지.

뜻을 알고는 말하는 건지…….

기저귀 갈자.

"아니 아니."(귀찮아)

자, 이유식 더 먹자.

"아니."(배불러)

머리핀을 꽂아줬더니 거울을 보곤

"아니야 아니야."(안 이뻐)

삼촌 왔다.

"아니야~~~!"(무섭게 생겼어!)

'아니'라는 말 하나만 알아도

생각보다 많은 게 명확해지긴 했다.

그동안 얼마나 '아니'라는 말을 하고 싶었으면 이 말부터 배웠을까.

나 혼자만 말하지 않아도 통한다고 생각했던 걸까.

'아니' 라는 말이
'네' 보다 더 쉬운 걸까

결국은 타이밍

아이가 차에서 이렇게 물어봤다.
"엄마, 저 자도 돼요?"

아, 며칠 전 둘이 마트 갔다 돌아오는 길에
잠들려고 하는 걸 막아서 그런가.
내가 좀 격렬하게 깨우긴 했다.
짐도 들고 아이까지 들면 허리가 며칠씩 욱신거리니까.
또 차에서 너무 많이 자버리면 집에 와서 안 자니까.

잠드는 건 원래 감사한 일이지만
마트 갔다 오는 타이밍엔 정말 아니다.
우리처럼 계단이 많은 아파트에 산다면 더더욱….

같은 일도
타이밍에 따라 이렇게 달라진다.

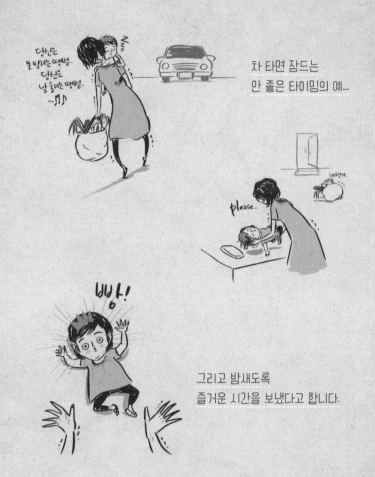

차 타면 잠드는
안 좋은 타이밍의 예...

그리고 밤새도록
즐거운 시간을 보냈다고 합니다.

넘어져도 괜찮아

아이가 넘어지면 엄마의 마음은 무너진다.

하지만 엄마가 감정을 있는 대로 다 드러내면

아이도 상처를 더 크게 느낀다고 한다.

그래서 아이의 감정을 최대한 지켜보고 침착하게 다독여줘야 한다.

그러면 아이는 좀 다쳤더라도 크게 놀라지 않고 많이 울지도 않는다.

그런데 이건 어른에게도 해당되는 것 같았다.

어른이 된 우리 역시 그때그때 받은 상처에 대해

심각하게 여기면 여길수록 더 아프고 괴로워지며

'괜찮아 별거 아니야.'라고 넘기면

또 별거 아닌 것처럼 지나가게 되니까.

그래. 넘어져도 괜찮아.

일어날 수 있으니까, 우리는….

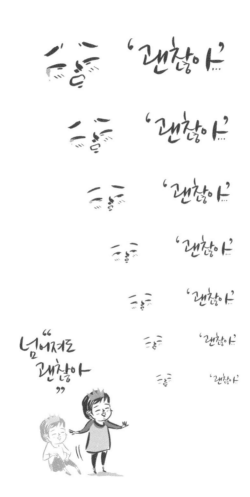

실수할 자유

걸을 수 있게 되기까지

아이는 백 번은 넘게 넘어졌다.

제 손으로 물컵을 들 수 있게 되기까지

1리터는 넘게 물을 쏟았고

원하는 대로 그릴 수 있게 되기까지

벽지, 소파, 침대는 물론, 나의 소중한 원피스에까지 물감을 묻혔으며

밥을 혼자 먹을 수 있게 되기까지는

입에 들어가는 음식 그 이상을 흘렸다.

처음에는 호들갑을 떨며 닦고 쓸고 뒤치다꺼리를 했지만

어느 순간부터 안 흘리면 '웬일이지?' 싶을 정도로 익숙해졌다.

그저 닦고 쓸고 씻고, 또 닦고 쓸고 씻으면서 말이다.

닦고 쓸고 씻기기만 무한 반복하는 시간들이

힘들기도 힘들었고 아무런 의미가 없는 것처럼 느껴지기도 했지만

이 시간들 덕분에 아이는 스스로 배우게 되는 것 같았다.

마음껏 실수하고 나서야 무언가를 제대로 익히게 되었으니까.

음식을 쏟아본 적 없는 아이는 혼자서는 음식을 먹을 수 없다고 한다.

제대로 먹지 못한다고 먹여주기만 하면

커서도 먹여줘야만 먹는 아이가 된다는 것이다.

어쩌면 부모에게 가장 필요한 능력은 기다려주는 것일지도 모른다.

아이가 마음껏 실수할 수 있도록 기다려주는 능력.

글은 쉽게 쓰지만 나도 참 기다려주는 게 쉽지는 않다.

아이에게 실수할 자유를 줘야지 하고 결심하다가도

어느새 또 버럭하고 있다. 이것 참…….

걸을 수 있게 되기까지

백 번은 넘게 넘어졌다

제 손으로 컵을
들 수 있게 되기까지는

1리터도 넘는 물을 쏟았고

원하는 대로
그릴 수 있게 되기까지

곳곳에 지울 수 없는
흔적을 남겼으며

밥을 혼자 먹을 수 있게
되기까지는

입에 들어가는 음식
그 이상을 흘려보냈다

그게 아니야!
그러면 안돼
빨리 해야하는데..
엄마가 해줄까?
· · · · ·

처음에는 호들갑을 떨며
뒤치다꺼리를 했지만

그렇게 하는 게
아니...
그래... 한번 해봐!

소로 겪어보면
알겠지...

네.

어느새 익숙해졌다

어쩌면 부모에게 가장 필요한 능력은

기다려주는 것일지도 모른다

아이에게 실수할 자유를 주자

마이 컸다 아이가

아이가 어렸을 땐
엄마가 하는 말을
그대로 따라 말하고
엄마가 입혀주는 옷을
그대로 입고
엄마가 먹여주면
그대로 먹었는데….

어디서 배웠어? 그런 말들.
언제 생겼어? 그런 취향.
그걸 먹어봤어? 난 안 줬는데.
아이가 자랄수록
내가 모르는 모습들이
내 계획과는 다른 모습들이 늘어난다.

그게 성장인 건데,
자연스러운 것일 텐데
엄마의 울타리에서 벗어나는
아이 모습에 불안해지는 이 마음은 뭘까.

인형처럼 입히기만 하면
끝이었는데

취향이 생기기 시작했을 때

어지럽히고 흘리기만 했던 네가

서툴지만 도와주는 행동을 했을 때

야채 좀 먹이려는 아빠의 꼼수가

안 통하기 시작했을 때

귀여워서 안아봤던 친구의 아이가

솜털처럼 가볍다고 느껴졌을 때

잠시만 눈을 뗄 때도 불안했던 네가

점점 믿음직(?)해졌을 때

아빠가 제일 좋다던 네가

오빠가 더 좋다고 했을 때

밤마다 매일 하는 쭉쭉이의 범위가

문득 길어졌다고 느껴졌을 때

금방
크는것같아
시간이
너무아쉬워...

천천히 좀커라...
크는 게 아까워...

더 안아주고, 더 놀아주고, 더 사랑해줄게

4

아이가 더 사랑한다

아기가 태어나 처음으로 주는 때 묻지 않은 사랑

이런 사랑은 엄마만이 받을 수 있다

사랑은 쌓인다

아이가 생겼다는 것을 알게 된 후부터
잠들 때마다 꼭 사랑한다고 말해주었다.
알아듣지 못하더라도 '사랑'이라는 단어의 파장이
좋은 영향을 끼칠 것 같았기 때문이었다.
처음엔 사랑한다는 말이 잘 나오지도 않았다.
얼굴도 모르고 말해본 적도 없는 사람이니까.
배 속에 있어도 발로 찰 수 있을 정도로 크기 전까진
존재감도 많이 느껴지진 않았고….

하지만 사랑한다고 말할수록
내 안에서도 사랑의 감정이 자라났다.
본 적도 없는 사람을 사랑하는 것.
그게 엄마가 되는 첫 번째 관문이 아닐까.

아이가 태어난 후에도 이 습관은 계속됐다.
말 못하는 아기지만 알아들을 거란 믿음을 가지고….

그런데 아이가 말을 시작하고 나서
그동안 다 듣고 있었다는 걸 정말 확신하게 되었다.
"사랑해 엄마, 내가 세상에서 가장 사랑하는 거 알지?"라고 말하면서
내 말투 그대로, 내가 안아줬던 방식 그대로, 나를 꼬옥 안아주었으니까.
그동안의 말들을 전부 듣고 있었고, 몸짓과 말투까지 기억하고 있었던 것이다.

내가 주었던 사랑은 사라지지 않고
아이의 마음에 그대로 남아
아이의 말이 되고 몸짓이 되어 있었다.

돌려받으려고 사랑한 건 아니었지만 진심으로 행복했다.
습관처럼 뱉은 말들이 그렇게 보물이 되어 돌아왔다.

사랑해...
우리딸...

사랑해...
우리딸...

사랑해...
......

사랑해...
우리아가...

잠들 때마다

"사랑해…"라고 말해주었더니

사랑해요...

우리 엄마...

말을 시작한 다음부터 잠들 때마다
"사랑해"라고 말해준다

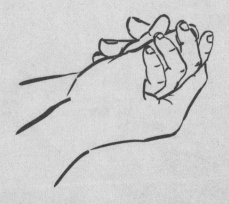

그동안 "사랑해"라고 해준 말을
모두 돌려주는 것처럼…

사랑한다고
말하는만큼

사랑한다고
말해준다

사랑해...

폭...

그저 엄마라는 이유만으로

예뻐서

똑똑해서

상냥해서

유머감각이 있어서?

사람이 사람을 좋아할 때는 대체로 이유가 있다.

그래서 우리는 막연히 뭔가 남들보다 뛰어나야,

뭔가 있어야 사랑받을 수 있을 거라고 생각한다.

하지만 특별히 잘하는 게 없어도

맞춰주려고 애쓰지 않아도

내가 그저 나라는 이유만으로

나를 예뻐해주고 무조건적으로 믿어주는 사람이 있다.

그건 바로 내 아이다.

아이가 바라는 건 특별한 무언가를 해주는 것이 아니었다.

있는 그대로의 모습으로 옆에 있어주는 것, 그것뿐이다.

엄마가 눈을 맞추고 도란도란 얘기를 들어주는 것만으로도

아이는 세상을 다 가진 것처럼 행복해한다.

어찌나 엄마를 예뻐해주는지,

별거 아닌 내가 세상에서 가장 중요한 사람이 된 것같이 느껴진다.

아이에게 배웠다.

사랑받기 위해서 필요한 건 아무것도 없다는 것을.

육아서대로 하려다가

다그쳐버렸다

장난감 사려고 검색하다가

못 놀아줬다

하나라도 더 좋은 거 먹이려다

결국 울리고 말았다

좋은 엄마가 되어보려고
애쓰고, 자책하고, 후회하지만

엄마..
내옆에..
있지요...?

아이에게 정말 필요한 건
있는 그대로의 엄마

그저 엄마라는
이유만으로…

이렇게
좋아해 주는구나…

아이가 엄마를 안아준다

아이를 안고 있으면
온몸에 따뜻한 온기가 퍼져나간다.
그래서 때론 내가 아이를 안아주는 게 아니라
아이가 나를 안아주는 것처럼 느껴지기도 했다.

똘망똘망한 눈에 멍한 내 눈을 맞추고
보들보들한 뺨에 까칠한 내 얼굴을 비비고
옹알거리는 목소리를 귀에 담고
그러다 보면 내가 다시 맑아지는 것 같았다.

작은 아이가 주는 위로는
절대로 작지 않았다.

아이를 안고 있으면

온몸에 온기가 퍼져나간다

몸이 차가워서 늘 고생인 내게

따뜻한 아이를 안을 수 있다는 건

일종의 축복이자 치료처럼 느껴졌다

몸도 마음도 아직은 쌀쌀한 퇴근길

2

나를 보려고 포르르
달려온 아이를

품에 꼭 안으면

그 따뜻한 온기가
모든 걸 녹여주는 것 같았다

아직은 책가방의 크기가
부담스러워 보일 만큼 작은 아이지만

작은아이가
주는위로는
절대로
작지않다

날 위해 울어준다

회사에 복귀하고 아이는 아침마다 울었다.
처음에는 그 울음이 자기를 걱정하는 것인 줄 알았는데.
어느 순간 나를 걱정하는 것 같은 기분이 들었다.

그래서 말해줬다.
엄마 걱정하지 말라고.
엄마는 회사에 일하러 가는 거고
그렇게 무섭고 힘든 건 아니라고.
엄마는 재미있게 일하고 꼭 돌아오겠다고.

그러자 울음을 뚝 그치더니
뭔가 안도하는 얼굴로 나를 보내주었다.
그리고 그 다음부터는 그렇게 많이 울진 않았다.

아, 나를 걱정하느라 그렇게 울었던 거구나.
엄마를 그렇게 생각해주는지 몰랐네.

솔아~

솔~
엄마가는데
안 봐요?

너랑해가 못 와서
엄마가 힘들래서
그런 거야?

엄마 무서운 데
가는 거 아니야
엄마 그냥 회사에
일하러 가는 거야
돈 많이 벌어서 우리 솔이,
맛있는 거 많이 사줄 수 있고,
엄마 돌아서서 힘든 날도,
안 할게요. 걱정하지 마
우리 솔이 잘살 수 있죠?
· · · · ·

아이도 엄마를 걱정한다

내려놓기

'하면 된다'라는 말을 좋아하지 않는다.

어릴 때는 나도 정말, 하면 다 되는 줄 알았다.

그런데 아무리 열심히 노력해도 잘 안 되는 일들이 분명히 있다.

예를 들어 일과 육아를 동시에 잘 해내는 일?

아무리 노력해도 둘 다 제대로 하는 것은 어려웠고

늘 미안하다는 말을 달고 살아야 했다.

그런 나에게 누군가 말해줬다.

사람이 두 가지를 다 잘할 수는 없는 거라고,

둘 다 하려는 이 상황이 힘든 건 당연한 거라고,

못할 수밖에 없는 상황에 있으면서

못한다고 자책하지 말라고.

워킹맘 친구들을 만나면 대부분 같은 고민이었다.

못하는 모습을 보이면서 살아가야 하는 것,

스스로의 부족함을 뼈저리게 느껴야 하는 것,

그게 제일 힘들다는 거였다.

그냥 '좀 못해도 괜찮아, 큰일 안 나.' 하면서 어느 정도 내려놓을 수밖에 없다.

둘 다 잘하려고 하는 한 허덕일 수밖에 없지만

포기하지 않는 자신을 대견해하면서 말이다.

'좀 쪽 팔리면 어때, 최선을 다하고 있는데⋯⋯.'

나만이라도 나를 평가하지 말고 칭찬해주자.

아이가 눈에 밟혀
칼퇴근하고 싶었지만

일에 치여 늦게 들어갔던 날

늦게나마 놀아주고 싶었지만

피곤해서 결국 화를 냈던 날

일도, 육아도...
잘해보고 싶었지만...

마음처럼
안 되던 그런 날

아무것도 모른다고 생각했는데
이럴 때면...

엄마 마음을
알아주는 것 같아
너무 고마워...

자고 갈게

같이 있을 땐
혼자 있고 싶다고 해놓고
같이 없을 땐
왜 이렇게 보고 싶은지.

너 없이
삼십 년을 살았으면서
너 없이
삼십 분도 살 수 없는
우리가 된 것 같아.

주말에 찾아간 본가에서
아이가 자고 가겠다고 떼를 쓴다

한 번도 엄마, 아빠와 떨어져서
자본 적도 없고,
부모님 힘드실까 걱정도 했지만

그래도 부모님 계실 때
손녀딸과 좋은 추억 남기시라고

어릴 적에 할머니, 할아버지와의
좋은 기억을 가지게 하고 싶어서…

들어가
들어가

엄마가
엄마가

더 놀겠다고
안잔다고하지 말고!

할머니말씀
잘들어야돼!

처음으로 엄마, 아빠 품에서
떨어져서 자게 된 날

쾅!

괜찮을...데...

힘들실텐...데...

잠잠...

육아헬 프리덤 찬스!!!

이번 주말, 연인 모드

우리도 좀
핫한 데서
놀아보자!

~♪♫

밥은 잘 먹고 있나..
양치는 하고 자나..
어머님말씀잘 듣나..
뭐냐.. 이 허전함은..
왜 이렇게 시끄러워..
에고.. 허리야..
그냥 집에 있을걸..

시끌
시끌

꽉

어벙벙

Chu~

어떤 배려

임신했을 땐 추석이었다.
백일이었을 땐 설날이었다.
아이 덕분에 두 번의 명절을
그냥 건너뛰었던 기억이 난다.

버스를 타면 자리를 양보받았고,
시장에 갔더니 뭔가를 얹어주셨고.
택시를 타니 출산율에 기여했다며
애국자 소리를 들었고,
비행기를 탈 땐 줄 서지 않고
바로 들어갈 수도 있었다.

아이가 있어서 힘들어지는 만큼
아이가 있다고 배려받게 되었다.

제가 방해가
된다면...
그럼 잠시...

돼.
괜찮아,
뒤집어

일해야 하는데...
자꾸 그러면 어떡해
엄마 민망하게...

칭

I ♥ MOM

엄마의 3층

명절 껌딱지, 하이 파이브!

아픈 척

"아야아야아야!"

아이가 아픈 소리를 냈다.

어디 손가락이라도 끼었나 싶어

"어머, 왜 그래?" 그러면서 놀라서 다가갔더니

그냥 배시시 웃는다. 다친 곳도 없다.

혼자 잘 놀기에 잠깐 한눈을 팔았더니

자기 좀 쳐다보라고 아픈 소리를 낸 것이다.

아이는 내가 한순간이라도 눈을 떼는 걸 싫어한다.

나를 볼 때 나도 자기를 보고 있어야 마음이 놓이나 보다.

그렇다고 아픈 척이라니….

그 후로도 한동안 아이의 아픈 척은 계속되었다.

내가 속지 않을 때까지….

생일 선물

아이가 그림을 그리기 시작한 뒤부터

나는 매일 '생일 선물'을 받았다.

퇴근하고 돌아오면 쪼르르 달려와

내 얼굴을 그려서 생일 선물이라며 주는 것이다.

아이에게 생일 선물이란 생일날 주는 게 아니라,

특별한 선물을 의미하는 듯했다.

처음엔 무척이나 감동받았다.

매일 내 얼굴을 그린다는 건,

그만큼 매일 나를 생각하고 그리워한다는 의미였으니까.

옆에 없었던 엄마의 빈자리를 채우듯

종이의 여백이 내 모습으로 가득 채워져 있었다.

그렇지만 세 달 가까이 선물 공세가 계속되자, 내 반응도 식어갔다.

"사랑해요."라는 말도 적어주었고,

알록달록 예쁜 칠도 해주는 등 선물의 수준은 날로 높아졌지만

주는 것마다 고이 모아두었던 처음과는 달리

나중엔 어디 뒀는지 모르기도 했다.

생일 선물을 휴지통에서 발견한 어느 날,

아이는 자기의 마음을 버렸다며 화를 냈다.

아이에게 그건 종이가 아니라 사랑하는 마음이었고

정신없는 엄마에겐 어제도 받고 그제도 받았던 종이였던 것이다.

종이에 적혀 있다는 이유로 종잇장처럼 여겨선 안 되는 건데….

퇴근하고 집에 오니

포르르 달려와

종이 한 장을 내민다

엄마 생일
선물이에요!

또 엄마
생일인 거야?
능능

응! 응!

아이에게 생일 선물은
생일날 주는 선물이 아니다

사랑한다는 말 대신

종일 생각했다는 말 대신

보고 싶었다는 말 대신

엄마랑...
나랑...

슥슥...

아이는 매일 생일 선물을 만든다

이게는 엄마고
이게는 나야!

♡엄마   나

마치 엄마의 빈자리를
메우려는 것처럼

옆에 있어주지는
못했지만,
그래도 엄마는 매일
생일 선물을 받는다

우와.. 우리딸
참 잘그렸네...

예뻐지!

엄마는 연예인

말을 시작했을 무렵 아이는
TV를 봐도, 잡지를 봐도
여자만 나오면 다 '엄마'라고 불렀다.

그냥 "엄마, 저 여자 좀 봐."라고 하는 걸까.
또는 "엄마, 저 여자처럼 꾸며 봐."라고 하는 걸까.
아이의 눈엔 엄마가 저 연예인과 비슷해 보이는 걸까.

아이의 '엄마' 소리를
내 맘대로 해석하곤 내 맘대로 좋아한다.
세상에서 엄마를 가장 예쁘다 생각해준다고….

나에게도 팬이 생겼다.
'아이'라는 열렬한 팬.

TV 보다가
드라마 속 전지현을 보고

화장품 가게에서
포스터 속 김태휘를 보고

누구야?

엄마!

누구?

엄마!

VOGUE

누구게~?

엄마

그.그만해..
내술..

어제는 전지현, 오늘은 김태휘

20개월 된 딸의 눈에는

엄마가 그저 예뻐 보이나 봅니다

227

엄마마마...

네

동대문신화
법X떡볶이

중독된 매운맛!
엄청&없는 사파ㅏㅏ☎☎-××××

머... 버리만
닮 닮은 거ㅑ...
상가 수정은 보지 마...

엄마!
엄마!

그냥 이 시기엔 여자는
그저 엄마로 보이나 봅니다.
또르르...

날 예뻐해줄 단 한사람

잠을 못 자 퀭한 눈, 어깨엔 침 자국
헝클어진 머리, 늘어난 주근깨
튀어나온 뱃살, 슬리퍼에 추리닝

그런 나를
조막만 한 손으로 쓰다듬는다.
"엄마 너무 예뻐요."라며
초롱초롱한 눈으로 하염없이 바라본다.
매일 공주님처럼 그려준다.

살면서 예쁘다는 소리를
이렇게 많이 들어본 건 처음이다.

세상 모든 사람들이
날 못생겼다고 해도
날 예뻐해줄 단 한 사람이 있다면

그건 바로 나의 아이.

......

나도 예쁘게
꾸미고 싶지만

내가 그런게
많이 이상한가

그럴 시간이
없다고...

응?
니..그래...

엄마
엄마...

세상 모든 사람들이 날 못났다고 해도
날 예뻐해줄 단 한 사람이 있다면
그건 내 아이

5

여전히 내게는 어려운

엄마니까 고민하고 엄마니까 방황한다. 육아의 끝은 어디인가

기승전 엄마 안아

넘어지면 엄마 안아

외로우면 엄마 안아

열나면 엄마 안아

친구랑 싸워도 엄마 안아

무서운 꿈을 꾸면 엄마 안아

배고파도 엄마 안아

방구벌레를 봐도 엄마 안아

응가가 마려워도 엄마 안아

블록이 쓰러져도 엄마 안아

여튼 뭔가 맘대로 안 되면 엄마 안아

아프냐?

엄마 허리도 아프다.

안아줄 수 있을 때 안아주는 거다.

조금만 크면 안아달라고 하지도 않겠지······.

내가 이렇게 누군가에게

만병통치약 같은 존재가 되다니.

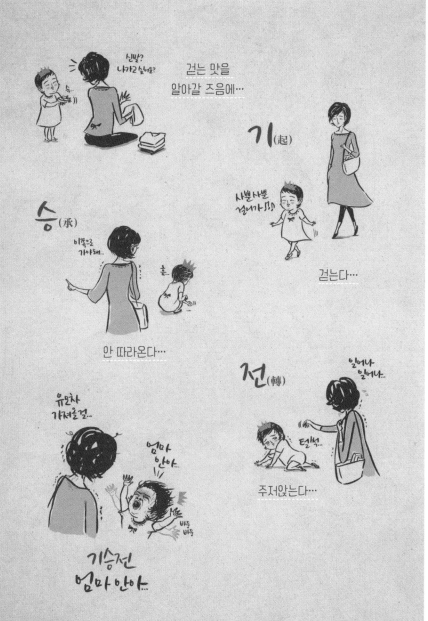

걷는 맛을
알아갈 즈음에…

기(起)

걷는다…

승(承)

안 따라온다…

전(轉)

주저앉는다…

기승전
엄마 안아

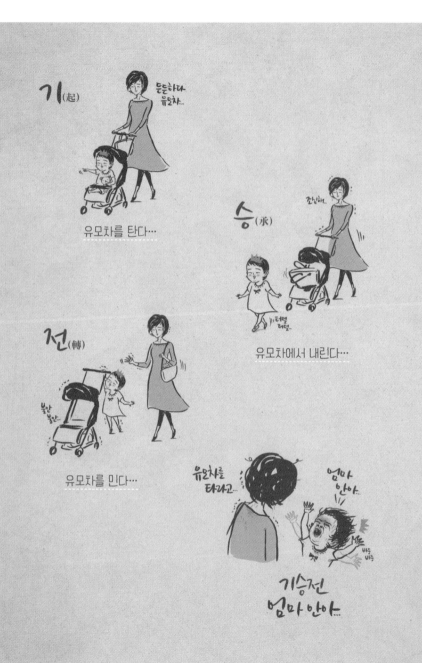

종걸냈냈는데 결국,
**기승전...
엄마안아...**

아놔,
아기띠 갑빡...
T.T

13kg
압박...

깡!

시작은 창대하였으나
그 끝은 미약하리라...

팔로미~
팔로미~
다왔어...

우신 우신...

엄마
안아~

아이의 소원

"엄마가 데리러 오는 게 제일 좋아."

어떤 아이들에겐 그저 반복되는 일상일 텐데
우리 아이에겐 엄마가 데리러 오는 게 간절한 소원이었다.
그래서 하루 휴가를 내고 유치원으로 아이를 데리러 갔다.
교실 창문으로 날 발견하곤 소리를 지르며 뛰쳐나온 아이는
세상에서 가장 행복한 얼굴로 나를 껴안고 얼굴을 부벼댔다.

유치원에서 집까지 걷는 십 분 남짓 동안
녀석은 쉬지 않고 큰 소리로 노래를 불렀다.
녀석은 기분이 좋으면 무의식적으로 노래를 부른다.

특별한 곳에 가지 않아도 특별한 선물을 하지 않아도
그저, 같이 있는 것만으로 이렇게 행복해하다니…….
마음 한구석이 시큰했다.

'어디 놀러 갈까?' 물어봐도 엄마랑 집에 있는 걸 제일 하고 싶단다.
그래서 집에서 밥을 먹고, 집 앞 놀이터에서 뛰어 놀고, 집 앞 마트에 갔다.

집에서 함께 있는 것,
그게 우리에게는 가장 특별했고 행복한 휴가였다.

종일반 솔이의

가장 큰 소원은

엄마가 데리러 오는 것

아픈 날

일에 복귀한 후부터 내 마음 한구석에는 늘 아이에 대한 죄책감이 있었다.

그리고 그 죄책감은 아이가 아플 때면 폭발했다.

내가 옆에 있지 않아서 아픈 것 같다는 생각이 들었기 때문이다.

며칠씩 야근이 지속돼서 연속으로 보지 못하면 아이는 꼭 앓기 시작했다.

엄마와의 거리가 멀어질수록 면역력도 같이 떨어지는 것처럼 말이다.

아파도 자기가 아프다는 말도 못할 정도로 어렸을 땐 눈물도 많이 흘렸다.

아이는 아플수록 엄마에게 달라붙어서 떨어지려고 하지 않는다.

그런데 그런 아이를 떼어놓고 출근해야 하는 것이다.

그런 날은 정말 마음속으로 사표를 수도 없이 썼다.

그럼에도 불구하고 그만둘 수 없었던 건

아이가 엄마를 필요로 하는 시기가 영원하지 않다는 것 때문이었다.

일을 그만두는 이유가 아이 하나뿐이라면

아이가 자라서 내 곁을 떠났을 때 내가 느낄 상실감이 꽤나 클 것 같았다.

그리고 아이에게 그 대가를 은연중에 요구하게 될까 봐 겁이 났다.

좋은 성적이든 좋은 성격이든 옆에 있어준 티가 나야 한다고 강요하게 될지도 모를 일이었다.

지금 나에게 아이만큼 중요한 건 없지만 아이가 다 자란 후에도 나의 삶은 계속될 테고,

그 시간들 역시 내가 준비해야 하는 것이기에 지금만 생각할 수는 없다.

겨우 잠든 아이를 보며, 나는 또 잠을 못 이룬다.

깜깜함 속에서 서로를 위한 최선을 찾아보려고….

네가 아픈 날은
엄마가 잠 못 자는 날

네가 아픈 날은
출근 전에 병원부터
달려가야 하는 날

네가 아픈 날은
아픈 맘 꾹 참고
널 어린이집 보내는 날

네가 아픈 날은
졸면서 일하다가도
미안해서 눈물 나는 날

네가 아픈 날은 결국 조퇴하고
널 보러 달려오는 날

네가
아픈 날은

엄마가
더 아픈 날...

아이의 악몽

엄마!!!! 엄마!!!!!!

한밤중에 아이가 울면서 달려 나온다.

"왜? 무서운 꿈꿨어?"라고 물어보니

"자다가 옆에 엄마가 없어서 무서웠어."라고 대답한다.

아, 너에게 악몽은 엄마가 없는 거구나.

귀신도 도깨비도 호환마마도 아닌 엄마가 없는 게 가장 무섭구나.

그럼 엄마 없는 낮 동안은 얼마나 무서울까.

나 역시 아이와 떨어져 하루를 보내는 게 쉽지 않다.

문득 보고 싶고, 문득 안쓰럽고, 문득 가슴 아파서 일이 손에 잡히질 않는다.

이런 마음을 참으면서 일하는 게 맞는 걸까.

어쩌면 집에 남겨진 아이보다

내가 훨씬 더 많이 보고 싶어 하는 건지도….

자는 동안만이라도

꼭 붙어 있자, 우리.

엄마의 질문

육아휴직을 했던 일 년 동안 우리는 늘 함께였다.

아이의 중요한 순간들을 다 지켜볼 수 있었고

사진을 찍고 일기를 쓰며 아이가 기억하지 못할 것들을

대신 기억해주려고 노력했다.

하지만 다시 일하기 시작하면서부터 아이에 대해 모르는 게 점점 많아졌다.

아이가 언제부터 낮잠을 안 자기 시작했는지,

아이가 언제부터 글자를 읽을 수 있게 된 건지,

이마의 작은 흉터가 어쩌다가 생겼는지,

할머니로부터, 선생님으로부터, 이웃집 엄마로부터 전해 들어야만 알 수 있었다.

내 아이인데 내가 잘 모른다는 것이 참 답답하고 속상했다.

회사가 바빠지면 모르는 것들은 더 많아졌다.

유치원 준비물을 빠뜨렸다는 것도 몰랐고,

간식이 떨어진 줄도 몰랐고,

손톱이 길어서 자를 때가 된 줄도 몰랐다.

하지만 무엇보다도 미안했던 건

아이가 아프거나, 친구랑 싸웠을 때처럼

서러운 순간 옆에서 달래줄 수 없다는 것이었다.

아직 자기 마음을 다 표현하지 못하는 어린아이고,

스스로 자기 마음을 진정시킬 줄도 모르는데

그 순간을 품어줄 수 없다는 게 정말 안타까웠다.

그래서 졸리워하는 아이를 붙들고도 물어보고,

옆집 엄마에게도 물어보고 할머니께도, 선생님께도 늘 꼬치꼬치 캐물었다.

아이가 어떻게 지내고 있는지, 뭘 어려워하고 뭘 잘하는지,

누구랑 친한지, 누구랑 싸우는지….

그렇게라도 내가 놓친 조각들을 채워 넣고 싶었다.

오늘 어린이집에서 뭐했어?

누구랑 놀았어?

뭐가 제일 재밌었어?

선생님 말씀은 잘 들었어?

점심은 잘 먹었고?

반찬은 뭐 먹었는데?

남기지는 않았어?

친구랑은 안 싸웠지?

선생님은 안 무서워?

다녀와서는 뭐했어?

......

양치는 했어?

엄..마?
또 아근했버요?

퇴근하자마자 졸린 아이를 붙잡고
엄마는 질문을 쏟아낸다

얘기해주지 않으면

어떻게 지내는지

알 수 없는 일하는 엄마니까

다친 것도 나중에 알고
싸운 것도 나중에 알고,
서러워서 울었다는 것도,
늘 나중에 알게 된다

양말이
왜이렇게
더럽지...?

아!
아침에 실내화
깜빡했다!!

머리 창피해서지...
하루 종일 혼자
맨발이었겠네...

· · · · · ·

매일 고민하면서,

매일 미안해하면서,

또 하루가 지나간다...

"
필요할 때
옆에 있어주지 못해서
미안해...

그래도 엄마는
세상에서 너를 제일
사랑해...
"

시간이 빨리 가는 이유

엄마가 되고 나서부터 시간이 세 배는 빨리 가는 것 같다.

하루가 순식간에 지나가버린 게 아쉬워서 잠들지 못할 정도로….

잠깐도 시간을 잡을 수가 없다.

누군가의 딸로, 누군가의 엄마로

누군가의 아내로, 누군가의 며느리로

누군가의 형제로, 누군가의 친구로

누군가의 부하직원으로, 누군가의 선배로 혹은 후배로

그리고 나 자신으로.

이렇게 불어난 역할들이 너무 많아서

신경 쓸 것도, 해야 할 것도 많아졌기 때문이 아닐까.

주어진 시간은 그대로인데 몸도 하나고 뇌도 하나다 보니

상대적으로 시간이 빨리 간다고 느껴지는 것 같다.

반면 아이의 시간은 말도 안 되게 천천히 흘러갈 것이다.

어릴 적 개미가 기어가서 과자 부스러기를 지고 돌아오는 걸

쭈그리고 앉아서 지켜볼 정도로 시간이 남아돌던 기억이 있다.

그래서 난 집에 빨리 온다고 생각해도

아이에겐 정반대로 느껴질 수 있지 않을까 하는 걱정이 자꾸만 든다.

엄마의 시간과 아이의 시간은 다르게 흐르니까.

엄마의 시계는
빨리 돌아간다

엄마에겐 퇴근이 없다

밤 9시는 내 행동의 모든 기준이었다.

그 전에 집에 가면 아이와 놀아줄 수 있었고

그 이후에 가면 잠든 모습만 봐야 했기 때문이었다.

그래서 9시가 되기 전까지는 정말 빛의 속도로 일을 했다.

십 분이라도 더 보려고 화장실을 참으면서까지 일하기도 했다.

늦게까지 야근을 하고 온 어느 날,

아이가 나 대신 내 옷을 꼭 껴안고 잠들어 있었다.

보고 싶다는 말도 할 줄 모르는 나이였지만

하루 종일 엄마를 얼마나 보고 싶어 했을지가 오롯이 전해졌다.

세 돌이 되기 전까진 어떻게라도 아이 옆에 있어주려고 정말 애를 많이 썼다.

일을 싸들고 들어와서 아이가 잠들면 혼자 일어나 남은 일들을 하는 식이었다.

그러다 보니 늘 잠이 부족했고 피곤할 수밖에 없었다.

고3때보다도 못 자면서 겨우겨우 살아냈다고나 할까.

마치 심장을 집에 두고 나온 사람처럼

전전긍긍하면서 지낸 시간들이었다.

회사에서 퇴근하면

엄마는 집으로 출근한다

야근이라도 한 날에는

회사 지각한 것보다 더
눈썹 휘날리게 뛰어간다

탁탁탁탁탁...

엄마왔다!!

엄마!!!

십 분이라도 더 보려고

아빠는?

아빠도 오늘 또 야근이래...

놀아주고

재밌어? 또 읽어줘?

읽어주고

과일 좀 먹어봐 종일 과자만 먹을거야냐?

먹었어~

먹여주고

정말 오랜만에 감겨주네...

씻겨주고

자장
자장 ♬♪

스르르...

아이를 재우다가
나도 모르게 잠이 들면

아, 깜빡
자버렸다..

화들짝 놀라서 깬다

등원비 깜빡했었지...

배달시간은 저녁으로...

내일 견학이면 체육복이지...

야채 좀 먹어야되는데...

유치원 준비물을 챙기고
인터넷으로 장을 보고
빨래를 개고
반찬거리를 만들고...

쌓인 일을 처리하다 보면
어느새 새벽

언제쯤이면
날 위해 시간을 쓸 수 있을까?

엄마에게 퇴근이란 없는 걸까...

'걱정마...
엄마, 어디안가...
자장, 자장...'

오늘 하루도 그렇게 지나간다

머리카락 애착

아이에겐 말을 시작한 후부터 시작된 수면 습관이 있었다.

하나는 등을 긁어달라는 것이었고

다른 하나는 내 머리카락을 꼭 부여잡고 자는 것이었다.

등 긁어주는 건 하겠는데 머리카락을 잡히는 건 여간 불편한 일이 아니었다.

너무 꽉 부여잡아서 머리카락이 뜯기기도 했고

그 바람에 깜짝 놀라 잠을 설치기 일쑤였으니까.

또 몸부림을 치다가 놓치기라도 하면 벌떡 일어나 다시 찾는다고 나를 깨워놓았다.

이 수면 습관을 고치게 되기까지 푹 자본 날이 거의 없었다.

누군가 분리불안의 일종이라 말해주었고

내가 직장에 복귀하면서 시작된 습관이라 얌전히 잡혀주기도 했다.

'그래, 이거라도 해주자.' 이런 마음이었다.

그러나 갈수록 짙어지는 다크서클, 기억력 감퇴로

나의 생활은 점차 균형을 잃기 시작했다.

게다가 아이는 내 머리카락을 자기 인형처럼 여기는 듯

그 애착의 정도가 점점 더 심해졌다.

잠들 때만이 아니라 기분이 울적하거나

화가 날 때도 달려와 내 머리카락부터 잡았고,

밥을 먹다가 반찬이 묻은 손으로,

때론 침이 묻은 손으로 내 머리카락을 마구 쓰다듬었다.

참다 못한 나는 머리카락이 기~다란 인형을 사주었지만,

엄마 머릿결보다 부드럽지 않다며 거부했다.

일 년 가까이 그 생활을 참아보던 나는 결국 아이에게 말했다.

엄마는 너무너무 불편하고 아프다고, 머리카락을 안 만졌으면 좋겠다고,

이건 엄마의 머리카락이고 네 장난감이 아니라고.

아이는 무척이나 섭섭해했지만 내 말을 정확히 이해했고,

우리는 잠자기 전 십 분 정도만 머리카락을 만지는 것으로 합의했다.

물론 내가 마음을 놓으면 아무 때나 손이 성큼 올라오긴 했으나….

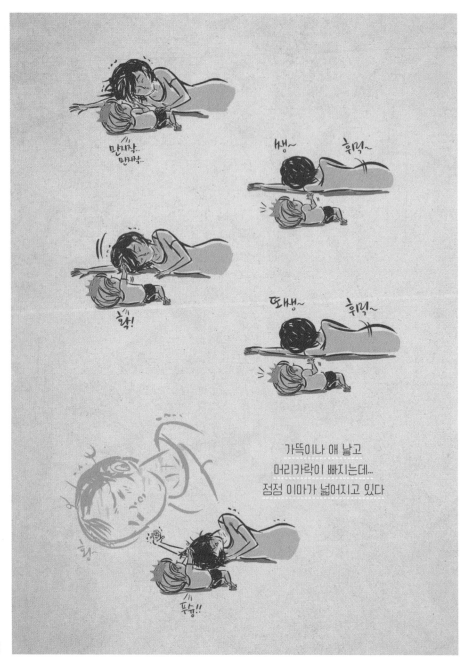

만지작
만지작...

뱅~   휘릭~

늙!

또뱅~   휘릭~

가뜩이나 애 낳고
머리카락이 빠지는데...
점점 이마가 넓어지고 있다

휭~

푸념!!

이름이 뭐예요?

엄마가 되고 나서

엄마가 입는 옷을 입고

엄마가 하는 고민을 하고

엄마가 가는 곳을 다녔지만

엄마가 되었다고

하고 싶은 게 없어지는 건 아니었다.

엄마가 되었다고

꿈을 포기한 건 아니었다.

엄마가 되었다고

내가 사라지는 것도 아니었다.

엄마는 나의 일부분일 뿐

나는 결국 나라는 것….

아이가 좀 자라자,

한동안 잊고 있던 나라는 사람이

다시 꿈틀꿈틀 기어 나오고 싶어 했다.

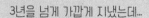

3년을 넘게 가깝게 지냈는데...

우리는 서로의 이름을 모른다

엄마로 사느라
나로 사는 시간이 없어진 걸까

나를 찾는 시간이 필요해

컨디션 제로

아이가 평소와 달리

밥도 안 먹고

짜증을 내고

못된 말을 내뱉는다면

미운 네 살인 건가 하지 말고

못된 친구 보고 배웠나 하지 말고

엄마를 며칠 못 봐서 그런가 하지 말고

바로 병원에 가야 한다.

분명히 이유가 있다.

감기에 걸릴 때면
너도 컨디션 제로... 엄마도 컨디션 제로...

아프지마... 엄마도 아프니까

진짜 아프니까...
완전 힘드니까...
제발 좀 아프지마...
망할 감기...
네고 허리야...
네고 허리야...
.
.
.
세트로
걸걸걸...

엄마가 헬스눌에
일하러가면
아기는 혼자낮아
기침합니다 ♬♪

노..노래...
불러줘~

그후론 기침 소리만 들어도 무서워

콜록?
엣취?

소오름
돋다...

6

가장 빛나는 건 지금

어쩌면 다시 돌아오지 않을 가장 찬란한 시절

함께할 시간

우리는 늘 '나중에 다음에'라고 말하지만
지금 하지 않는 일을 다음에 할 수 있을 확률이 얼마나 될까.

작년 여름엔 시소 타기를 제일 좋아했지만
올해 여름엔 그네 타기를 제일 좋아하고
한달 전만 해도 가위질을 못하더니
한달 후인 지금은 동그라미도 자른다.

지금 아이가 하고 싶어 하는 것들을 함께 해줄 수 없다면
나중에도 함께 해줄 수가 없다.
왜냐하면 아이는 이미 다른 걸 원하는 상태가 되어 있기 때문이다.
아이는 너무나 빠르게 크고, 그 속도를 따라잡는 건 생각보다 어렵다.

그래서 우리는 지금 그네를 밀어줘야 한다.
지금 같이 낙서를 갈기고 지금 당장 함께 공원을 뛰어야 한다.
우리가 함께해야 하는 시간은 내일도 아니고 주말도 아니고
바로 지금이다.

해마다 봄이 돌아온다고 하지만

매번 다른 봄이 찾아온다

작년의 봄과
올해의 봄은
분명 같지 않다

비가 오는 횟수도

바람의 온도도

하늘의 색깔도

그리고 그걸 보고 있는
나라는 사람도
이미 달라져 있으니까

아이는 생각도 모습도
너무나 빨리 변해가고

함께 있고 싶어 할 날이
얼마 안 남았을지도 모른다

그러니까 지금 함께하고
지금 사랑해야지

세상에는 생각보다
다시 돌아오는 게 많지 않으니까

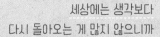

올 봄,
우리가
더 많이 함께
할 수 있길

장들기 전엔
꼭 들어와야 할 텐데..

혼자 할 수 있는 게 느는 건

아이가 혼자 힘으로 밥을 먹기 시작했을 땐
마치 수능 끝낸 고 3처럼 마냥 홀가분했다.

아이 먹는 걸 챙기느라 내 밥은 그저 입에 쑤셔 넣기만 했던
정신 없는 식사 시간들이 주마등처럼 지나갔다.
맛을 음미하면서 먹을 수 있다는 게 얼마나 큰 행복인지
그걸 잃어보지 않은 사람은 모를 것이다.

이제는 반찬이 뭐가 나왔는지도 볼 수도 있고
옆 테이블에 앉아 있는 사람을 구경할 수도 있다.
그것만으로도 삶의 질이 몇 배는 높아진 기분이 들었다.

그런데 밥 먹는 것, 옷 입는 것, 신발 신는 것까지
하나하나 아이가 혼자 해내기 시작하자
약간의 서운함(?) 같은 게 느껴지는 것이다.

혼자 할 수 있는 게 늘어난다는 건
내가 없어도 되는 시간이 늘어나는 것이니까.

아이는 그렇게 점점 더 많은 것들을 혼자 하게 될 거고
결국 엄마로부터 독립하게 될 것이다.

아직은 한참 남았겠지만
언젠가 맞이하게 될 이별의 시간이 눈앞에 그려지면서
가슴이 먹먹해졌다.

혼자 설 수 있는 사람으로 성장하는 과정을 지켜보는 건
꽤나 뿌듯하지만 마음의 준비를 단단히 해야겠다.
이별 앞에서도 씩씩할 수 있도록.

아직
안 되는데...
뜨거운 물 조심...

물 흘려~
조심 조심...

성질은...
차근차근
해봐...

혼자 하지 못했던 것들을
혼자 할 수 있게 되었다

몸은 편해졌지만
마음은 조금 아쉬워진다...

혼자 할 수 있는 게 느는 건,
엄마가 없어도 되는 시간이
느는 거니까...

엄마 눈에는
넌 언제나
아기일 테니까...

마지막일지 몰라

아이가 옹알이를 할 땐
빨리 말을 시작하길 바랐다.
그런데 어느 날 갑자기 말문이 트였고
다시는 그 옹알이를 들을 수 없게 되었다.

모유수유를 할 땐
빨리 커서 이유식을 먹게 되길 바랐다.
그런데 품에 쏙 안겨 열심히 젖을 먹는 그 모습도
다시는 볼 수 없는 것이 되었다.

울음으로 말을 대신하던 그때도
아기띠를 메고 안고 다녀야만 하는 때도
시간이 지나고 보니 아주 잠깐일 뿐이었다.

아이가 그렇게 온전히
엄마에게 의지하는 시기는
다시는 돌아오지 않았다.

아이는 생각보다 무척이나 빨리 자란다.
지금 내가 바라보는
저 표정과 말투와 몸짓은
내일이 되면 못 보게 될 수도 있다.

그렇게 생각하게 되자
지독히도 나를 찾고 매달리는 저 모습이
참으로 소중하게 느껴진다.

이번이 마지막일지 몰라

무슨 뜻인지 모를
옹알이로 노래 부르는 것.

이번이 마지막일지 몰라

아기띠에 안겨
어깨에 침을 질질 흘리는 것

이번이 마지막일지 몰라

엄마 냄새 맡겠다고
품속으로 파고드는 것

이번이 마지막일지 몰라

화장실에 간 엄마가
보고 싶다며 우는 것

이번이 마지막일지 몰라

바닥에 물을 쏟고
첨벙거리는 것만으로도
행복해하는 것

네가 자라는 속도는

너무 빨라서

휴... 꾹꾹이도
이제 힘드네...

소중한 순간들도

너무 빨리 지나가

사랑스런 버릇도
짓궂던 장난도
엄마가 열심히
기억해줄게...

안아줄게
우리아기...

나아기
아닌데.

엄마, 오늘 하루도 많이 늙었지?

엄마, 오늘 하루도 늙었지?

나, 엄마 할머니 되는 거 싫어.

왜?

아이는 그 다음 말을 하진 않는다.

그저 아주 슬픈 표정을 짓는다.

엄마, 계속 나랑 같이 있을 거지?

그럼~.

그런데 할머니 되잖아.

그치~.

그럼 나는 어떡해.

그럼 너는 엄마가 되는 거야.

나도 할머니가 돼?

그치~.

내가 할머니가 되면 엄마는 어떻게 돼?

음… 엄마는 하늘나라에 가겠지.

그럼 나는 어떡해!

다섯 살이 된 이후로 아이는 밤마다 같은 질문을 반복한다.

이 무렵이 죽음과 헤어짐을 배우는 시기인 건가?

문득 함께 살던 할머니께서 나보다 먼저 돌아가실까 봐

울던 어린 내 모습이 떠올랐다.

아이도 일어나지 않을 일들을 두려워하고 걱정한다. 어른들처럼.

그래도 누군가 내가 오래오래 곁에 머물러주길

간절히 바라고 있다는 사실이 황송할 정도로 행복했다.

아이는 그렇게 엄마가 살아갈 이유가 되어준다.

엄마 운동 열심히 할게!

엄마 오늘 하루도
맘이 늦었지?

...응? 왜?

주름이
또 생겼느군...

다섯 살이 된 이후로 아이는
밤마다 같은 질문을 반복한다

엄마 나랑 계속 같이 있을 거지?
그럼...

그런데 할머니 되잖아...
그치...

그럼 나는 어떻게 돼?
그럼 너는 어른이 되는 거지...

나도 할머니가 돼?
그치... 하하...

아이도 일어나지 않은 일들을
미리 걱정하고 두려워하는 걸까.
어른들처럼

그래도 누군가 내가 오래오래
곁에 머물러주길 간절히 바란다는 것이

참 행복했다

아이를 키우며 산다는 것이
때론 힘에 부치고 지칠 때도 있지만

아이는
그렇게
살아갈 이유가
되어준다

따뜻해...

48개월의 고민

48개월 아이의 최대 고민은

'겨울왕국'의 엘사처럼 마법을 쓸 수 없다는 것이다.

왜 손에서 얼음 가루가 나오지 않느냐며….

슬퍼하지 마. 넌 지극히 정상이니까.

나에게 심각한 일이
남의 눈엔 전혀 아닐 수도 있다

깨면 재우고, 자면 깨우고

빨리 자라고 다그쳐 놓고
금세 잠든 얼굴을 보면 또 아쉽다.

나랑 그렇게 놀고 싶어서
쏟아지는 잠을 참고 있었구나.

애처롭기도 하고
사랑스럽기도 하고

같이 있을 시간은 부족한데
해야 할 일들은 산더미고

자면 깨우고 싶고
깨면 재우고 싶다.

하루 종일 시달리다

힘들게 재운 아이

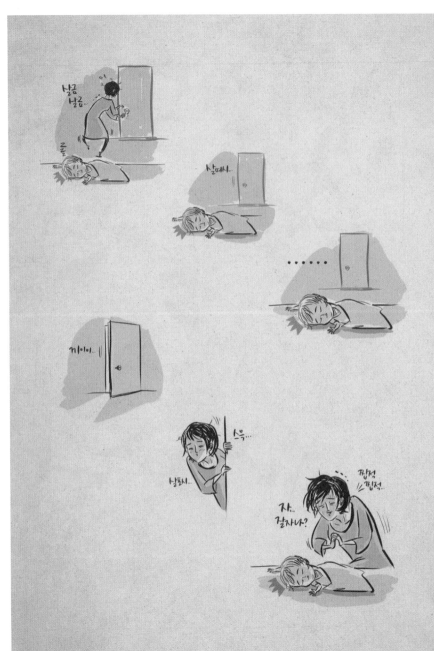

나홀로
아련의
시간...

이쁘다...

은근 슬쩍
엉내 올기...

잘 자는지 궁금해서

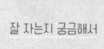

울끽!

콕!

안아줘~
사자줘~

. . . . . .

괜히 찔러보다 깨고

아... 통통한
볼 좀 봐...

바라보다 예뻐서

움찔!

만지작
만지...

내가
깨웠지...

안아줘1~
사자후~2

만지작대다 깨고

이 어린것을 두고
출근해야 하다니..
뚜르르...

끼이
끼이...

짠한 모습이 안쓰러워

울퍽!

쓰담
쓰...

안아줘~
사자후~3

껄껄...

쓰담쓰담하다 깨고

잠들면 깨우고 싶고

깨면 재우고 싶고

캥캥...

끼척
끼척...

또다시 힘들게 재운 아이

바르르...

깰까 봐 자는 척하고 있는데...

잠잠....

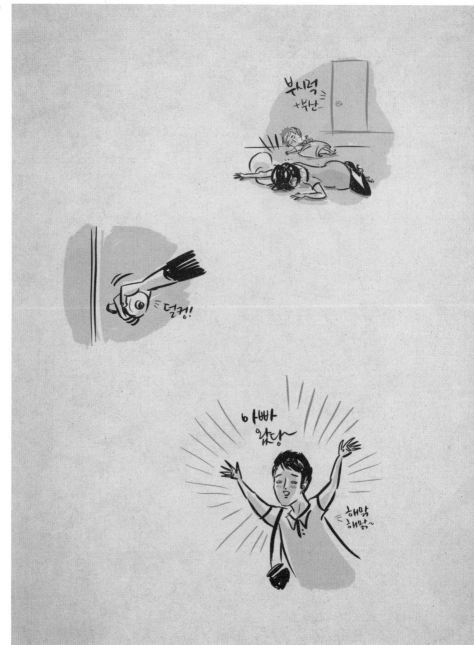

No~!!

깨우기 귀신 등장...

자는아이,
괜히 찝쩍대지말고
바라만 보는거다...

노터치 플리즈..

질리도록 힘들게 재우고
다시 애 사진 보기...

아이는 춤춘다

햇살이 좋았던 5월의 어느 날

베란다에 앉아 창밖을 바라보다 아이에게 말했다.

"엄마는 이렇게 맑은 날이 좋아. 햇살이 넘 좋아서 기분이 좋아."

그랬더니 아이가

"나도 햇살이 좋아, 햇살이 좋은 날은

하루 종일 춤출 수도 있을 것 같아."라며

춤을 추기 시작한다. 막춤이긴 하다만.

햇살을 몸에 입고 뱅글뱅글 도는 모습이 반짝반짝 빛이 났다.

나도 모르게 입가에 웃음이 번졌다.

그러자 아이는 내 마음을 눈치 챘는지

내 눈을 똑바로 바라보며 이렇게 말한다.

"나, 귀엽지?"

어머, 깜짝이야. 자기가 자기 보고 귀엽다니.

혹시 내 마음을 읽은 거니?

엄마가 집에 있다고 춤을 추고

아이스크림 하나에 춤을 추고

햇살이 좋다고 춤을 춘다

그렇게
아이는
춤을추듯
자라난다

행복은 멀리 있지 않고 가까이 있다

기적

아이가 잠들기 전에 말했다.
엄마는 나를 정말 행복하게 해주는 사람이에요.
너도 엄마에게 그런 사람이야.
나는 대답했다.

십 년이 지나도,
이십 년이 지나도
우리가 같은 대화를 주고받을 수 있었으면 좋겠다.

아직도 엄마가 필요한 내가
이렇게 엄마 노릇을 하고 있다니
정말 기적 같다.

살면서 기적 같은 건 없다고 생각했지만
우린 이미 기적과 함께 살고 있는지 모른다.

매일 밤 잠든 아이의 얼굴을 보면서

이런 생각을 해본다

이렇게 예쁜 아이가 내 아이라니

내가 아이를 낳았고,

벌써 이렇게 자랐다니...

보면 볼수록...
생각하면
생각할수록...
신기해...

참... 기적 같다

꼬물딱...

이불 좀
치워마
냥...

이렇게 예쁜 아이를
낳았다는 것도 기적

제발
아프지만 마라...

아무 탈 없이
잘 자란 것도 기적

지금도 엄마에게 투정을 부리고

아직도 엄마가 필요한 내가

엄마 노릇을 하고 있는 것도 기적

이미 우리는 기적과같이 살고있다

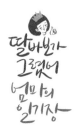

1판 1쇄 발행 2016년 6월 24일
1판 9쇄 발행 2020년 3월 10일

지은이 김진형, 이현주
발행인 양원석
편집장 최두은
영업마케팅 양정길, 강효경
펴낸 곳 ㈜알에이치코리아
주소 서울시 금천구 가산디지털2로 53, 20층(가산동, 한라시그마밸리)

편집문의 02-6443-8844 **도서문의** 02-6443-8800
홈페이지 http://rhk.co.kr
등록 2004년 1월 15일 제2-3726호
ISBN 978-89-255-5947-6 (03810)